시간이 여물어 가고 있다

시간이 여물어 가고 있다

시간이 여물어 가고 있다

방희자의 마음으로 읽는 시

모아북스
MOABOOKS

시간이 여물어 가고 있다 - 방희자의 마음으로 읽는 시

1판 1쇄 인쇄 2005년 11월 26일
1판 1쇄 발행 2005년 11월 28일

지은이 · 방희자
발행인 · 이용길
발행처 · 도서출판 모아북스
관리 · 윤재현
영업마케팅 · 권계식
본문 디자인 · 이룸

출판등록번호 · 제10-1857호
등록일자 · 1999.11.15
등록된 곳 · 경기도 고양시 일산구 백석동 1332-1 레이크하임 404호
대표 전화 · 0505-6279-784
영업 기획 · 0505-6242-016
팩스 · 0502-7017-017
독자서비스 · moabooks@hanmail.net
ISBN 89-90539-35-8 03810
값 6,000원

__________________________________님께

드립니다

맨처음 길을 떠날 때에 떠날 것을 예상하지 못하여

떠날 준비를 하지 못한 것처럼 길 떠날 때에 그가

누구인지 몰랐고 다만 가을꽃을 들고서 계절마다

일어서는 들꽃의 설레임과 불러도 불러도 대답 없는

메아리와 침묵 내 사랑의 언약들

물소리 바람의 소리도 잠이든 고요한 밤 어둠내린

저물녁 숨소리도 나지 않는 낯선 가을밤의 그림자

그렇게 먼 길을 달려간다

나는 오늘도 그대 곁에서 다시 한번 사랑과 그리움의

새움을 틔워본다

2005년 초겨울에 방희자

추천서문에 앞서

　방희자 시인이 구름 속에서 머리카락을 고르듯이 찾아낸 시편들을 모아 세 번째 시집을 묶는다.
　나는 방희자 시인의 시집 상재를 먼 이국에서 고향의 친구를 만난 듯 반갑고 크게 기쁘게 생각한다. 그 기쁜 마음을 몇 글자 위에 실어 시집 머리에 두려고 한다.
　이 땅에 새 시집이 한권 한권 완성된다는 것은 저 어느 사막에 나무들이 이룬 새 숲이 하나 생기는 것과 같기 때문이다.
　모래 바람만으로 숨이 막히던 그 생명이 없는 땅, 사막에 시 라고 부르는 새 숲이 하늘을 바라보며 일어난 것이다. 이젠 모래바람 즉 황사도 줄어들 것이다. 시인이 시집을 상재 한다는 것을 이런 비유로 말해본다.
　시인이 시를 쓴다는 것은 어떤 의미가 있을까 여기에 대하여는 많은 시인과 평가들이 이미 말한 것이지만 시인은 신기한 거울을 창조하는 것이다.
　시인이 창조한 거울속에는 창조자의 모습과 마음 인격 양심 선악의 문제까지 잘 보이게된다.
　이 거울이 없으면 내 마음을 볼 수 없고 사회나 국가의 병패도 구별할 수 없게 된다.
　시는 선악과 옳고 그름을 구별하는 거울인 것이다.
　이 거울을 창조하는 사람을 시인 이라고 한다. 이번에 세

번째 시집을 상재하는 방희자 시인의 시는 어떠 한가 완벽한 거울이라고 하기에는 구름기가 아직 낌이 있다고 읽는 사람에 따라서는 말 할 수도 있겠다.

시 에는 두가지 형식이 있다고 했다. "노래하는 시와 생각하는 시"프랑스의 시인 발레리의 말이다. 방희자 시인의 시는 노래하는 시일까 아니면 생각하는 시일까 모든 시가 이 두 가지 형식에 의존 해야 된다는 의미는 아니다. 하지만 방희자 시인의 시는 노래하는 시라고 하기보다 생각하는 시라고 하는 편일 것이다. 노래하는 시는 감동을 부르고 생각하는 시는 깊은 생각을 원할 것이다.

"그대는 지금도 듣고 있는가요, 사랑의 기쁨과 사랑의 슬픔 그것을"

방희자 시인 의 시 한 구절, 시인은 말의 예술가다 많은 말을 마음데로 쓰라는 뜻이 아니고 많은 말을 버리라는 뜻이다. 방희자 시인의 시집을 손에 드는 독자는 행복하리라 그 시집의 무게만큼 기쁨도 크리라.

방희자 시인의 제4집 제5집을 기다리고 있다.

이제 붓을 놓는다.

2005년 11월
회운재에서 황금찬 시인

차 례

하나_ 꽃대 올려 잎 하나 열며

향기나는 아침

둘_ 꽃잎 바람 끝에 떨며

언덕 위 꽃두엄 쌓고

셋 _ 떠나 행복한 이별

하나

꽃대 올려 잎 하나 열며

보령시 -인구 11만명-

우리 보령시는 드높은 오서산과
우람한 성주산으로 서해안시대로
세계화의 지름길로 잘 닦여진 복된 터전이다
시화는 동백꽃이며 시목 소나무, 시조 갈매기이다
시화는 해안지방에 분포되는 피고지는 동백꽃이며
보령시민의 겸손함 아름다움을 상징한다

시목은 푸르름과 드높은 정기 보령시민의
진취적인 발전과 꿋꿋한 기상을 상징하는 소나무이며
시조는 높이 날아서 멀리 보는 진취성과
시민들의 높은 이상을 상징하는 갈매기로
보령은 신석기 시대부터 조상들이 생활하고 있던 곳으로
고대 삼한시대 마한의 만로국에 속한 이래 백제의 신촌현,
통일신라 시대의 결성군 신읍현을 거쳐 고려 시대에 들어와
현재 지명인 보령현에 속하게 되였고
그후 여러 차례 행정구역 개편을 통하여
오늘의 보령시가 되었다 한다

자연지리는 지역 특성인 역사, 지리, 시민 성향,
특산물로 이루어져 있으며

삼하사우의 뚜렷한 전형적인 해양성 기후에 속하며
청양, 홍성, 부여, 서천으로 서부 중앙에 위치하며
서편 14.9㎞ 의 해안선을 접하고

남·북으로 장항선 철도와 국도 21호선이
동·서로 국도 36호와 40호로 서해안 교통의 중심지이며
관광특구인 대천, 무창포 해수욕장을 중심으로
21세기 관광도시로 크게 부상하고 있다.

플로베르와 안뜨완느의 유혹

미디아의(神) 야훼의 모세
'앵글로색슨 10지파 12지파'
미디아의 모세 새로운 백성 야훼의(神)
고도로 정신화 된 신관념

만물을 사랑하는(神) 이여
마술이나 모든 의례를 혐오하는
진리와 정의는 인간 최고의 목표와
(神)의 관념이었어요
……………
아텐종교의 윤리적인 측면에 대한 우리의 보고가
(아케나톤)비명에다가 자신을 저술하면서
("Akhnaton" the and times of akhnaton)
"살아있는 마아트" "진리와 정의"라고 한 것은
무관하지 않을 것이예요
민중의 모세교를 버리고 오래지 않아 모세까지 죽였지만
긴 안목으로 보면 대단한 것은 아닐 것이예요

………………

“신경증 이론의 특수 현상”
고착 “fixierung”
반복강박 “wiederholungszwang”
공포 “phobie”
억제 “hemmung”
회피 “vermeidung”
신경증 이론의 특수 현상……

국화꽃 향기 나는 아침에

새소리도 들리지 않았다
APT숲에 내리는 안개가 새벽을
깨우고 있었다 사람도 집도 나무도
바람의 소리도 들리지 않았다

토마토 쥬스를 갈고 보니 6:45분…
신축 공사장엔 벌써 인부가 나와
하루의 일감을 두드리기 시작했고
기온이 떨어진 엘리베이터 문도
오르내리는 이가 드믄드믄,,,,

산의 기온을 받아서인지 몸이 떨려오고
현기증이 났다
저체온증인가 가을이 오고 겨울이 가까워
지면 병을 앓는다 병명도 없는 마음의 병을
가슴이 아려오고 머리가 아파온다
온누리에 피어난 꽃들처럼……

음악을 틀어보고 깜짝 놀랐지
푸른하늘 때문에 병이 나있다는 걸 이제야 알았어

째깍거리는 시계초음 날아가버린 뻐꾸기 시계
푸른 하늘도 잊어버리고 정분났던 친구들
시가 있고 그림같은 안개가 내리던 호숫가에서 만나
어쩔수 없이 가까워 져야 했던 사람들...

아/ 오늘은 어디에선가 국화꽃 향기가 날듯도 한데
새벽이면 가끔씩 울어대는 뜸부기가 내마음을 알아줄까

달빛 자지러지는 덤불 숲 사이로

한아름의 꽃들과 카네이션
특별한 만남과 세르게네비휼라윌스
약을 먹은 벌들 취한채로 어디론가
맴돌고 맴돌다가 치료를 받아야 하고
나비들은 곧 잠에서 깨어나야 할 시간이
되었다 프랑스와즈 샤갈 .....

추운 겨울 마을의 제일 가는 소녀들
숲에선 마야 부인들의 향기와 아카시아
덤불 속에서 밤새 놀다지친 아이들
골짜기마다 애벌레들의 지뉴 지뉴
지그문트 프로이트의 아모세 토트 흐모세
라모세의 신들과 X....문화...이론 창작
영통 철학서 가득히 이 가을의 추억과
우린 또다시 희나리를 찾고 있다

로망스(물안개처럼)

가슴에 사규파리 꽃이 피었다
사랑 욕망 열정 ... 어느곳으로
길은 뚫렸는가
사랑 섹스 돈 열망

굳어진 날개를 달고 탈출을 시도하다
떨어져버린 이카로스의 신화처럼
각각 다른여자를두고 성을 탐닉하며
쾌락에 빠진 사람들

금욕 주의와 사색... 흩어지는 가을 낙엽을
바라보는 유리알처럼 투명한 예지 섬광처럼
번쩍이는 신화와 운명을 꾀어낸 폭서와 뇌우

이른아침 강변둑에 하얗게 피어오른 물안개처럼
뜻깊은날의 명화를 읽게한다
흩어지는 가을햇살
유행성 독감처럼 번지는 이 멋진 선율은 또 얼마나
가슴을 뭉클 하게하는가

국화꽃 향기나는 아침에 1

누군가를 사랑한다는 일은
그대 가슴으로 일렁이던 달맞이 꽃들
아침 이슬을 머금은 까닭이며 아직 준비 하지 못한
또 다른 내일이 기다리고 있기 때문입니다

누군가를 사랑한다는 일은
아침 햇살이 창으로 하나 가득
부서져 내리는 까닭이며 이름 모를 꽃잎들
하나 둘 작열하던 햇살 바람 구름처럼 이 계절을
소중히 할줄 알 것 같기 때문입니다

누군가를 참으로 많이 기다리며 산다는 일은
철 이른 들국화 들이 피어나 잊혀져 가던 계절을
또다시 불러 한그루의 나무가 되게 하는 까닭이며
휴식을 주기 때문입니다

누군가를 사랑하고 있다면
그대 발자국 소리를 듣게 된 그날
아직은 풋내 나는 계절이 내 가까운 꽃에
그 고운 나래를 접지 않고 노니는 까닭이며

지금 내 곁엔 미리 와서 서성이는 메꽃 바위솔꽃
하얗게 피어나는 소중한 기억들이 자꾸만 메아리를
울려 보내기 때문입니다

국화꽃 향기 나는 아침에(THE DIARY OF....)

이제는 자연이 아닌 사람과 친해지고 싶다
어떤 공간... 그 안에서면 자유롭게 문을 열고 닫고
거리거리 유무형의 자산과 민초를 위한 자유분망과
사색 개인주의와 사생활 그 서막과 만발한 꽃잎들

송알송알 땀과 피로 맺힌 우리의 얼과 소망 어쩌면
형평성을 벗어난 삶의 잔해들과 아담한 터전을 일구어
내듯 피폐해진 거리마다 황망한 서해대교위에 아담한
펜지라도 심어 가꾸고 싶다

라뜰르므르므의 팡스와 초인적인" THE DIARY OF A
SUPERFLUOUS MAN" 우리들의 에로스와 엘리어트
보봐르 뒤리스... 목이 길어 슬픈 짐승의 노천명

나아닌 내 마음이 다른 곳에 머무를 때쯤이면 풀잎들과
오만한 가을의 서정과 당돌한 바람의 소리들 또는
피어버린 것들에 대하여 종교에 대하여 왜 자꾸 확성기를
대고 과거를 들춰내는 것일까
어떤 공간 그 안에서면 전류가 흐르고 있다는 걸 느낄 때가
있다

""

꽃들이 피어나서

스파트필름과 드리세나가
꽃망울을 터트렸다
CLASSIC과 TAPE가 가지런히 놓여있고
체중계가 날마다 몸무게를 올렸다 내렸다
저울질한다

새로지은 APT엔 연신 승용차들로 붐볐고
아이들은 바빴다 한적한 도로변엔 피어난
들꽃들이 메마른 가을의 서정을 노래하였고
근처 숲속엔 초록의 잎파리를 내어민 어린
나무들이 우릴 손짓한다

드라이플라워 보랏빛 꽃내음...분홍의 장미 몇송이..
화분엔 정갈한 다년생 꽃들이 피어 한가로운 우리의
정서를 노래하였고 알 수 없는 들꽃들은 무수히 많이도
피어났고 우리를 바라다본다

알 수 없는 환영 속에서 아침이면 사물들은 제자리를
찾지 못해 함께 아파하였다
몸속 깊숙한 곳에 가끔씩 세포들이 폐부를 찌르고 난 또

부르다만 노래를 못내 아쉬워 해야만 하겠지

환경위생의 정의도 프로이트 "종교의기원" 도 이젠 page를
장식하며 한 권의 책자가 되어지고 사회. 정치. 문화. 예술
을논하기까지 차분히 주변을 되돌아 보며 하루를 기약하게
하리라

꽃들이 화알짝 피어나서

그대가 꺾어다 준 갈꽃 몇 잎 함께 소담하다
지금 그대는 어디쯤 누구와 어떤 밀어를 속삭이고
있을까
별꽃 몇 점 이름 없이 떠서 알수 없는 밤하늘도
밝히는 그대가 꺾어다 준 갈꽃 몇잎 함께
소담하다

그대와 함께하던 시간들 적막한 길목을 가로 지르던
순간들이 입체 영상화 되어 호숫가에 여울 지어 노니네
어느 특별한 만남처럼 청솔 푸르른 비룡의 전설과 함께
하였네

꿈결처럼 바람따라 나부끼던 솔 숲엔 이름모를 새들의
노래소리 하늘 가득히 저무는 한해를 물들이는 단풍이
내리는 그 곳에서 그대 곁을 스치는 나무들은 잎을
내려놓고 사랑를 그리움을 노래하자 하네

네잎클로바 홀로 곱게 피어서

텅 비어버린 공간 그 안에 서
사랑하는 마음을 감추고 싶어질 때면
거리의 노출사위. 젊은이들. 언어의 늪에서면
사상과 철학과 유서무던 그들의 해학과 풍류
궤변론적인 사상과 젊음의 에너지.

즐거운 일요일 아침광장을 잃어버린 아기들처럼
아이비꽃 말림..
무량사의 향로 고요한 산허리마다 청아한 산울림
"꽃처럼 물처럼 바람처럼" 가을의 서정과 소국 웬지 마음만
조급하여져서 숨을 고르고 있지 않은가.

시작도 끝도 없는 아침의 나라 말이 없는 군중들
석조기와 지붕 곁으로 매어달린 아침의 나라 그건 평화요
사랑이라 나이팅게일의 헌신적인 사랑 EW.ha
이반세르반테스적인 특별한 만남을 예언이라도 하듯이
그렇게 아주 작게 가까이에서 작은 문을 두드리지만
그건 어쩔 수 없는 핍박의 하모니라 아니 할 수 없겠다.

약을 먹은 산과 들과 내와 나무들 신록의 계절은 이미

그 품성 드러내고 "수신제가치국평천하" 사회. 경제. 문화.
고부가가치 경제부국과 공익산업. 아직 절단되지 않은 가지
들처럼 여기저기 우후죽순 멋대로 늘어놓은 폭력주의와 나
라기강.

석가탄신일에 나왔던 것들처럼 한때 현실망각론과 국가로
부터의 피해보상과 단체로부터의 접목과 교육적인자원, 수
서=환상적인 향학열 헤르만 헤세를 닮은 우리들의 작은 모
반처럼 물먹은 노오란 물망초 하도고와 한동안 꼼짝도 할
수 없었다.

못다핀 라일락처럼 소박한 미소 바람의 소리와 우물가에 보
채는 아기들처럼 말라버린 눈물과 우리들의 작은 모반처럼
작은 바람의 소리들 나는 무얼 생각하여야 하는가
깨어진 유리파편들처럼 세상의 끝에서 서로가 서로를 상반
된 시각으로 바라보기 시작하였다

네잎클로바 1

밤이 새도록 끙끙 앓다가 들로 산으로
몸을 뒤적이다가 몸을 뒤척이는 파도와
소라들의 이야기와 높이 나는 하얀 새들의
비밀처럼 더욱 한적해 가는 들녘을 향한 바람의 소리
피는 물보다 진한 것처럼 우리들의 추억들을 털어내고
싶었다

아침바다를 날으는 갈매기들처럼 근본을 알 수 없는 이들의
애써 숨겨온 자산들처럼 틀어진 덩쿨 꽃잎들 사이로 단순하
다 싶은 레제테의 비밀스런 한 단편을 보이게 하곤하지
노오란 수선화처럼 피어난 아침햇살 한점에 어느날 문득
코끼리의 부른 배를 만져보았을 때 그건 또 다른 아침이
나를 부를 때라고 생각이 되어진다

철로변 피어난 백작약의 비애를 닮았다
살지게 박아둔 사진 한점에 가끔씩 왔다 사라지는 노을
닮았어라
도요새의 비밀 닮았다

기적소리처럼 손 흔들며 벙그는 꽃잎들의 눈물 닮았거니

주홍의 코스모스처럼 다정한 그의 숨소리를 닮았거니
어느날 문득 울어버릴틈도없이 어슴프레 낮 익은 숲을 마주
한다
곱게 피어 잠이 드신 어머니의 모습을 그리면서....

네잎클로바 2

적벽의 순수만큼이나 단정한 그 자줏빛의
은은한 들녘으로 무리지어 때로 흔들리는
누군가는 시를 줍고 누군가는 시를 읊었다

상록마을 아리따운 숲 그 곳으로
때로 건물벽에 박혔다가 나무로 흔들리다가
신장으로 달려와 누이 마음 마구 흔들고
재잘대는 새들의 노래소리처럼 세상의 딸들
떠오르는 어머니 모습. 머언 시간의 미래처럼
도로 위에 뒹구는 더딘 하루 싱가폴 이후 내가 타던
비행기는 더더욱 알수 없는 미래를 실어나르고

노오랗게 노오랗게 마구 물이들어 버려서
흥허물 없는 알량한 마음이 주고받는 드넓은
세상만큼이나 소중한 사람들과 오종종한 소국의
순수만큼 펄벅의 하얀겨울이 대지를 일으킬 때면
피었다가 시들어버리는 희나리...원주
폐차 고물더미.... 키에르케고르.... 동방예찬론

지극히도 나약한 이들. 문화. 예술

희나리... 사교. 여성의 품위.... 단학
우리들 모르는 사이 많은 일들 일어나고 사라지고
만들었다간 부숴지고.... 누군가가 지켜보고 있다는 건
정말 대단한 자만이다.
자기자신에 대한 편견과 오만일 수 있으니까

먹고 싶은걸 잔뜩먹고 토해내고 싶은 사생활 공간에 의침
해...정보통신 행정부...행정관계론.....지명
그 도로는 도시 엉망이어서 모나고 삐뚤고 엉망이다
누가 뿌리이고 누가 나무인지 알 수 없는 만신창이다
제각기 다 잘났다고 우겨대는 골목에서면 우스꽝스러운일
이어서 대체 문학은 왜 하는지 젊고 패기에 찬 우리의 시심
은 어느 곳에 뿌리를 두어야하는지 알 수 없다

지구가 둥굴고 매빠른 속도로 질주를 하지만 근본 뎃생은
어느 곳에서 어떻게 발생이되었는지... 물리과학. 지구. 천
체 대기 팽창. pen club...분통터지다. 힘에 겨운 책임이 따
르는 일이다
그건 엄청난 고뇌......

고니와 달무리. 의기소침한 민중목탁. 대체 어디로 향하는
지 지성과 감성 명석한 두뇌와 빠른 머리회전 지구는 둥굴
고 세계는 넓고 크다 다들 어디로 떠나버렸는지 구름 무리
만 두둥실 떠다니고 전통예절.... 다기

라일락

2박3일의 제주여행에서 넌 무얼보았는지 넓게 트인 도로와
잘 다듬어진 가로수 유두화의 일색 레일을 달리는 기술자들
그는 환경계의 조교를 다를 줄 알았다 고시와 문장도
환상을 가진 여류 문장가로서의 발돋움 놓쳐 버렸다고
생각 되어지는 아카데미 뭔가를
잃어버려 제짝이 맞지 않는다고 생각이 되어 질 때

희주 넌 무얼보았는지 나 아닌 내 마음이 머무르고 있다고
생각이 되어질 땐 무얼 생각 하여야 하는가 벌써 몇번째의
사랑이 우리 곁에 머무르다 사라졌는지 알 수 없다
미간을 어지럽히는 환경 미아들 공식없는 메아리 그건
봄이라는 현상범이었다 그 향기는 매우 진하여서
숨을 쉴 수 없게 하였다 청아한 하늘을 가르는 소국의
순수와 가끔식 흔들어 대던 거센 바람도 숨을 죽이게 하고
저만큼씩 멀어지는 갈대숲의 바람난 저울질

가을의 노래와 그 서정 곧 헝클어질 매무새로와 옷가지들로
북새통 그 드너른 들녘 어디에선가 왠지 마음만 조급하여져
서 숨을 고르고 있지 않은가 그러나 곧 안정이 되어질 것이
라고

희망을 버리고 싶지않은 인물들로 새일터 새일꾼을 찾는 작
은 시계들의 모반 우리들의 작은 반항적인 움직임 안에서면
손톱만큼의 아집이나 편견도 심어두고 싶지 않군, 또는 크
고 작은 아담한 일터에서 열심히도 맡은 일에 전념하고 있
을 우리의 정령사군 매력을 발산하는 그들 말을 듣지 않는
군중들 사이로 그는 무얼할지 알 수 없다 정리된건 없지만
정치, 외교, 문화 저 잘난 군중들 사이로 무얼 듣고 무얼 배
우는지 어찌보면 해부일탈 그러나 그들 무얼 생각하고 있을
까

말이 없는 군중들 사이로 민첩한 데칼코마니 몰락하는
정가의 크고 작은별들 천연적인... 천상병의 시를 두어남짓
꿰었을까 이름할 무언의 메아리 대서사시적인 그것도 아주
작게 정체모를 바람으로 내게와 등을 도닥이고 가슴을
저어대는 비릿한 살내음....
청정수와 마알간 햇살한줌 풀어두구요 그래도 살맛난다 하
네유

아, 어느날엔가는 알이 굵은 안경하나 준비하고 싶었다 핸
드빽 깊숙한 곳 건사해 둔 썬그라스처럼 베일로 건사하듯

선이 굵은 프리즘의 안경을 멋진 새엄마와 눈이 굵고 깊은
아내의 눈동자처럼

아, 어느누구 발길없는 한적한 들녘 피어난 코스모스처럼
또는 만발한 벚꽃의 흐벅진 미소처럼 소소히 스치는 작은
보리나무들의 일렁임에도 가슴저려하고 차안에 감춰둔
비밀처럼 그렇게 바람을 모으다가 세워진 봄날 뜨락 가득히
내린 햇살처럼 상큼한 꽃잎 한 장

로망스(ROMANCE)

사랑인가 봅니다 아마도
석류알 툭툭 터지는 가을 이 문턱에서 그네를 탑니다
그렇게 가슴앓이 하던 황금들녘은 비바람 천둥번개
에도 아랑곳없이 실한 열매를 달고 고개를 숙입니다

사랑인가 봅니다 아마도
속살 영그진 모과 나무에도 그대 숨결 그대 음성
그대 모습 깃들어 노랗게 낯붉히는 계절이 달려가고

사랑인가 봅니다 아마도
하루 웬종일 음악을 듣고 이 계절을 온통 그대가 좋아하는
시와 종교와 사랑 그런 것들로 낮은음 자리표를
그려 보았습니다

자꾸만 웃음이 나옵니다
쓴 커피잔을 들여다 보아도 웃음이 나오고 하늘을 올려다
보다가도 웃고 길을 가다가도 웃습니다

로망스(레제테의 꽃 그늘 아래로)

그대의 달콤한 입술 빛나는 눈동자
,,, 언어들,,, 겉으로 보아 알 수 없는 내면의
 신경 세포와 언어들

 청교도적이고 유교적인 사상에 철학을
무너뜨리는 카리스마와 언어들. 나는 하나의
섬이 되었다가 때로 잔물결 일렁이는 바다도
닮아가네

뮈르테의 관목과 레제테의 꽃나무 그대의 달콤한
입술과 쓰디쓴 말씨... 암담한 노래의 슬픈 곡조...
행여 그대가 부르는 노래들이 절망의 계곡에서 부르던
사랑의 노래는 아니길 기도하네

나무아래에서 강가에서 바위섬에서 주고 받던 언어들이
메밀꽃 깨꽃처럼 잔잔한 서정이 되어 가슴 아리게 하네
물풀도 물고기도 떠오르지 않는 고요한 강물이 침묵하고
갈잎을 띄운 그림자가 조용한 한적한 마을도 집도 사람도
보이지 않는 그렇게 먼 길을 달려보네
모래밭 소나무가 길게 잔가지를 키우며 길가 나그네를 불러

사랑의 노랠부르자 하네

그냥 멀리서 바라만보자 허물도 그릇됨도 없는 순수한 마음
으로 바라만보자 만나 서로의 허물을 벗는 것보단 조금
멀리 떨어져 서로를 바라보기로 하자
조금 멀리 떨어져 서로를 그리워 하여 보자

로망스(사랑의 기쁨)

머무르고 싶었던 순간들
잠미빛 선홍의 붉은 노을
닥터 지바고의 눈장난...하얀 발자국
지고지순한 첫사랑

오늘을 지나는 달력속의 숫자들과
소박한 안개 꽃무리와 부케... 그녀의 미소
여울지는 잔물결처럼 정갈했던 그녀의 삶
빛나는 그녀의 눈동자
나는 오늘도 무얼 셈하며 생의 한가운데
서 있는 걸까

"사랑의 기쁨" liebesfreude" old riennese song"
"사랑의 슬픔 "liebesleid" old viennese song"
달빛시린 고적한 그 길에서 다시 돌아올 수 없는
다리를 바라보곤 하네

익숙해져 버린 갈잎들 엉겅퀴
어느 뜻깊은 날의 키스와 애무
꽃들이 피어날 때쯤이면 ..

"der liebe bit"
영이 맑은 그녀의 시심.....

로맘스(ROMANCE)
국화꽃 향기 번지는 아침이 내게 와서

충만한 사랑 그 안에서는 그 무엇도 신비롭고 향기나지
않는 것이 없듯 국화꽃 향기 번지는 그대 삶이 은혜롭고
충만한 것이라고

우리들의 사랑과 종교와 시 그 안에서면 삶은 더욱
향그러운 것이어서 흐르는 강물에 조용히 자줏빛
산수국 몇 잎 띄우면 그대 숨결 그대 음성 그 안에
총총히 박힌 밤 하늘의 별 무리와 은하수를 건너는
우리들의 사랑 이야기는 영원한 북쪽 하늘
카시오페아 별자리가 되어 수놓으리

또 다시 조용한 아침은 내게 다가와 미소 지으며 한때
나뭇가지를 스치는 바람소리에도 아파하던 그 가을날
녹아 내리던 뼈가 나뭇가지마다 걸려 잊혀져 가던
첫사랑의 그림자를 내려 놓고 그 때를 기억하던 시간들은
따라와 웃으며 살자하네

마법의 노래

저녁 숲 속을 거닐며 꿈에 잠긴 숲 속을
끊임없이 내 옆을 따라다니는 다정한
그대의 모습
그것은 그대의 흰 면사포가 아닌가
그대의 부드러운 미소인가
아니면 그것은 달빛일 따름인가
컴컴한 전나무 숲 속을 뚫고들어오는 것은?
아/나 자신의 눈물인가
이 나지막히 흐르는 소리가 들리는 것은?
아니면 님이여 그대는 정말로 울면서
내 곁을 따라 걷고 있지 않는가?

- "하이네의 세라피네" 중에서

브레스티드와 양심의 새벽

새소리도 들리지 않는다
맑고 고왔던 영혼도 이젠 고요히 잠이 들고
새벽 이른 아침이면 성주산의 숨결이 귀밑을
스치는 바람에 가슴 설레이게 하네
서른의 반란에서 시작이 되어지던 커피향도
치자꽃의 속삭임도 저편 멀리 사라지네
무엇을 노래 하여야 하는지 그 많던 아름다웠던
시어들도 아름다운 선율을 타던 브르흐의 명상곡도
고요히 침묵 하지만 그 언젠가는 타고르와 괴테 해세
헤겔의 명시선들이 또다시 내귓전을 맴돌며 아름다운
시어들을 낭송하게 하는 날들이 다가오리라

앙뜨와네뜨의 탈출도 갠지스강 저드너른 들녘으로
울려퍼지던 새소리 물소리 바람의 소리들 꽃들의 애무도
한편의 대서사시처럼 맑은 메아리 되어 또다시 침실 가까운
곳에 닻을 내리게 되겠지만 난 또 그 어떤 항해의 고도를
타야 하는지 잠시 두려움에 질려 읽던 책도 덮어야하고
열려있던 창문도 닫아야했다
두려움의 연속........그 가슴 떨리던 날과 양심의 새벽들
그건 또 다른 설레임

사랑의 노래

atomic kitten이 oo hot이 경쾌한 팝송
커피 한 잔에 녹아나는 어릴적 소꿉 친구들의
소박한 인정 풀벌레들의 합창..위로받는 시간들
가을의 절경 허무의 전령사들..

또 다시 이름모를 들꽃들과 무량사의 절경을
그리며 수많은 별이 되어진 사람들과 말이 없는
옴아모카살바다라 사다야 시베홈의 사랑의 노래들

카메라와 서터 메모리칩을 점검하고
핸드폰을 챙기고 녹음기를 누른 다음 message를
틀어본다. 책을 읽고 인터뷰기사 몇 줄을 읽고
작가들의 에세이집도 살펴 읽어본다.

사랑의마법

사랑하는 젊은그대들이여
눈을 감고 생각을 해보아요
그대 숨결 그대 몸짓 그대의 표정
마법의 노래가 들려오지 않는가요

크고작은 건물 낮게드리워진 영해
의 포근한 입김까지도 조금은 불안한 듯
하여보이지만 여전히 제자리에서 산들 바람이
함께하듯 피뢰침 끝 닿은 곳부터 영이 흐르고 있다는 걸

한송이 장미꽃과 바이올렛....레펜스 한 묶음
젊은 그대들의 화원 가득히 몬도가네의 발자욱과
나지막히 들려오는 성당의 종소리까지 이룬 것을
위하여 또는 이루지 못한 소망을 향하여라고
보랏빛의 꽃들과 자운영........

아무일도 없었던 것처럼

울지말자
작은 가슴으로 담아내지못할
슬픔이 있다하여도 눈물일랑 보이지 말자
한세상 보내고 나면 재색의 꽃잎을 피워
내야하리니

아무리 서럽더라도 눈물은 보이지 말자
세상을 걸어가는 동안은 가슴아픈 일로
나를 더욱 아프게는 말자

태연한 척 아무 일도 없었던 척 어느 누구와도
실랑이 하지 않으리니
아픈 것은 나하나 만으로 족하며 이 아픔을
전염시키고 싶지 않음이라

예지

두통이 몰고간 지난 밤을 조용히 휴식하고 나니 개운한
이른 새벽을 명상에 잠기게 한다
절해고도에 고독이라는 항해로 밤이면 밤마다 떠돌다지친
칠흙의 어둠을 올가을엔 풀벌레의 가을을 연주하는
서곡으로 흙빛 어둠불사루어 하얀재가 아침햇살로
부서져내리는 순간까지 연륜에 어울리는 지성과 나이에
합일할 수 있는 감성을 겸비한 아름다운 여인으로
나이를 받아들이고 싶다 자신에 대한예우로서 화장도하고
장신구에도 관심을 두지만 역시 중요한 것은 내실이다라고
정의를 하고 싶다

푹푹찌는 삼복더위에도 빅토르위고의 "내마음의 날개가 있
다면" 싯귀에 젖어 푸른 창공을 한 마리 새가 되어 훨훨 날
아보기도 하였고 접었던 이상의 나래로 불볕더위와 전쟁을
치루었지

그렇다면 내가 추구하는 이상의 나래란 어떤 것인가
모든 이들이 편한대로 그저 그렇게 잘도 인생을 영위하는데
위대한 철학자도 명상론자도 아니면서 스스로를 고통스런
절해고도에 유배시키려는 듯 오늘의 나는 어떤 빛깔로 시간

이라는 항해를 지속하고 있는가?

이러한 감각 또한 막연한 감상이라고 자신을 책한다면
잔인한 질책이며 스스로를 비하시키는 결과밖에는
풍요로운 가을을 추수할 수 없을 것임을 오늘은 세월이라는
항구로 질주하던 시간의 항해를 여유로움으로 닻을 내리고
한편의 싯귀에 고독한 영혼 흔들려 보자(92.5.5)

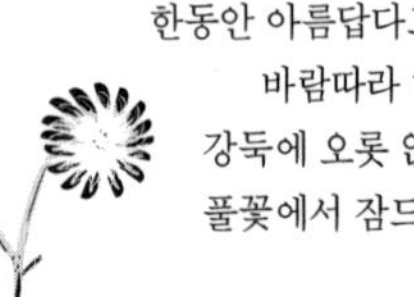

한동안 아름답다고 꿈꿔왔던 생각들
바람따라 하늘을 날다
강둑에 오롯 앉아 비쳐보다가
풀꽃에서 잠드는 달빛이 된다

둘

꽃잎 바람 끝에 떨며

아프로디테의 그리움

그대곁을 스치는 바람 나무 돌
단풍빛으로 메마른 겨울산...산과
들과 내와 돌 바람 나무 바다

살빛의 연회색 ... 떠나버린 사람들
텅빈 수목원 ... 맑게 흐르는 수정같은 계곡
하얀 겨울을 건너는 매서운 바람의 소리들

말라 틀어진 덩쿨 꽃잎들... 세익스피어와
5298...서울행...1482와 다리...휘날리는 눈
꽃송이들...나른한 그리움 히메로스와 아프로디테
여신의 그리움이 눈꽃송이처럼 날리는 성주산

하늘은 뜻을 쫓고 신은 계시를 내렸으며 자연은
조화를 부렸으며 인간은 경험을 갖고 그대/과학을
이루어가리

언덕 위 꽃두엄 쌓고(애증)

머쉬메루우의 첫사랑
모래성 열하나의 연하
첫날 이후 우린 만나지 못했다

    ·········
밤이 깊은 저녁이면 물푸레 나무의
속삭임과 그날 이후 아무 일도 일어나지 않았다
베르테르의 연민같은 가로등 불빛아래 어지럼타는
그의 모습을 읽은 후 잠못 이루는 밤이 많아질 때
소중히 간직되어지는 우리들의 우리들의 추억 하나

지그믄의 메스꺼움
세상이 몇 번이나 바뀌었을가
열렸다가 닫히고 닫혔다가 열리는
소중한 그림자 같은 우리들의 이야기

정신 차릴수 없도록 하는 통에 장시간
시선을 머무를 수 없게 하였다

언덕 위 꽃두엄 쌓고(41병동에서)

어지럽혀진 복도 낙서로 지저분한 콘크리트벽
가금식 체혈하는 새내기 인턴들의 손놀림...
단절된 신경계와 정지된 사물들... 하루 웬종일
잠만 잤다 혼미한 상태로.

자신도 알 수 없는 골짜기 깊숙한 곳 은둔하였다가
가끔씩 모습을 드러내는 그림자와도 같이 지적인
욕구본능 .... 어느날 잠에서 깨어났을 때 아름다운 싯귀도
그 어느 것도 귓전을 속삭이지 않는다는 어둠의 긴 터널을
지날 때면 "체념 '... 어쩌면 시를 쓸 수 없을지 모른다는
생각이 들 때마다 불안에 떨며 그 어두운 시간 속으로의
달음질...갑자기 달력이 거꾸로 가기 시작 하였다

하얀 눈이 내렸다 하얗게 하얗게 동그란 영혼은 내면
깊숙한 곳 은신처를 찾아서 새로운 계절 가까운 곳에
등짐 내리고 죽정 언덕에서 하구 둑까지 우리들 사랑의
메신저 그 위를 나는 하얀새들...

말이없는 철새는 매서운 바람과 돌팔매질에 여념없고
허수아비마저 그들 언제나 그렇게 제자리에서 묵묵히

제 할 일을 할 뿐.

나는 알고도 싶고 알고도 있다
토끼의 간 만큼 빈약한 우리들의 알몸사위를....
체중계가 대혼란을 일으키고 있다
몸속의 혈관을 타고 오르내리는 핏줄기 마다 유전자 소동이
몸안의 부속물을 거치면서 몸살 하는가 보다

충격파를 행사하는 뇌파신경계.... 하얀 알약 그러나
아직은 희망의 동산에서 살고 있다
세월이 흐르면 모든 건 치유 될 수 있는 하얀 들꽃의
설레임 같은 것이므로....

언덕 위 꽃두엄 쌓고
(알맹이 없는 나를 버리고 싶다)

새벽 들녘에 나서며
육신을 파고들어 침투한
썩은 고름을 쏟아낸다
깊은 숨 들이쉴 때마다 폐부를 찌르는 듯
아픔들이 아우성으로 모반을 꾀하며
이미 나로부터 멀어져 가죽뿐인 나를 몰아 내고자
반란을 일으키는 함성

새벽 들녘에 나서며
좀더 진실한 알몸뚱이 화장으로 덧칠않은
나를 만날 수 있어 신선한 바람으로 썩어가는
상처를 씻어 헹군다
얼마쯤 무르익어 영근 열매를 수확할까
가을을 기다리는 성급한 소망 앞에 오늘 하루만큼이라도
알맹이 없는 나를 버리고 싶다

새벽 들녘에 나서면
아무도 떠난적 없는 순결한 길이 있다
이른 아침 창을 열고 그 길을 본다

아무도 떠난 흔적 없는 그 길은
이미 초가을을 앞세운 나뭇잎의 설레임이다
가서 문이라도 두드릴까 발자욱 소리라도 내어 볼까

언덕 위 꽃두엄 쌓고(찬란한 이 저녁에)

하루를 마무리 하는 우리들의 머리 위로
어둠이 내린다 또다른 내일이라는 시간을
잉태하기 위한 순간들이 흙빛어둠을 뚫고
쏟아져 내리는 별빛아래 찬란한 저녁으로 다가서고

내일로 달리는 우리들의 길섶엔
희망이라는 이름으로 짙게 내린 어둠이 미래를
밝혀줄 등불 내어걸고 미완의 하루속에 여유로운
시간들이여

우리 모두의 인생에 있어 어둠을 어둠이라 하고 싶지
않음은 하얀 아침은 어둠을 지나서야 다가서고 어둠속
터널을 지나지 않고서는 참진리를 키우기 위하여 고뇌와
갈등이라는 어둠을 헤쳐 와야 하기 때문이다

무수히 명멸하는 별빛도 밤하늘 어둠이 아니고는 찬란한
빛을 발할 수 없음에 이 밤 어둠을 예찬하는 시인이 되어
별밤을 밝힌다

언덕 위 꽃두엄 쌓고
(그리워도 그립다 말하지 않고)

마음을 열어보이지 않았던 그 때가 좋았다
가슴엔 온통 그리움으로 터질 듯 가득해 있어도
가슴을 열어보이지 않았던 그 시간들이 좋았다

사랑을 사랑이라 말하지 않고
그리워도 그립다 말하지 않던
열병의 파편들을 고요히 침묵속에 묻어두고
가슴앓이하던 그 순간들이 좋았다

썰물처럼 빠져나간 사랑이란 이름의 조각들이
그리움의 잔해로 몰려드는 아픈 상처들이여
사랑을 사랑이라 말하지 않고
그리워도 그립다 말하지 않던
그때 그 시간들이 좋았다

언덕 위 꽃두엄 쌓고(나뭇잎 사이로)

초록의 벤자민이 생각이 나지 않았지
SEWEET BOX의 메시지가 담긴 음률
.....피아노 건반 위 춤을 추는 솔라시도
높은음 자리표. 하늘은 높았다 그리고
말이 없었다

언제가서 그리움을 담았던가
언제가서 사랑을 노래하였던가
레미솔도 낮은음 자리표. 오가는 차량
떨어지는 낙엽.... 문득 떠나간 이를
그리워하며 한 장의 낙엽을 주웠지

한송이 한송이의 들꽃을 모아 소중히
화분에 담았지. SEWEET BOX의 "killing me D.J"

어릴적 암담하였던 현실이 언덕위
하얀집을 그리워하게 하며 피아노 선율은
춤을 추었지
꿈도 접고 사랑도 접고 희망도 접어서 푸른 나뭇잎
사이로 파랑새는 날아오르리...

언덕 위 꽃두엄 쌓고(나의 독선)

간밤의 적벽색 너의 교복에
아침 햇살이 묻어날 때
너를 보고 나는 너의 미래를 꿈꾼다
너의 두 눈을 볼 때 마다 웬지 안스러워

꽃으로 피어날 그 날 위해
대지 위 하얗게 피어나는 봄꽃들을
생각하게 한다
가끔 심령 안으로 신세계를 펼쳐주는 것
그건 나의 독선일지 몰라
난 너를 이미 자연보다 깊은 사랑으로 키우고 있어

때로 심장이 가쁘고 차곡차곡 근육질로 바쁘다
자리에 누워 천정을 보면 오래된 인형처럼
떠오르는 갖가지 영상
대지와 시계바늘은 어디론가 줄달음을 하고 있지

언덕 위 꽃두엄 쌓고(레제테의 추억)

퍼즐처럼 나열된 삶의 길목에서
하루하루 주어진 용량 만큼의 하얀 알약을
삼키며 전설과 레제테의 추억속에
늘 푸른나무들처럼 희망을 심었다

철지난 바다는 하얀조가비들의 그리움
조금씩 그윽해져 가는 가을의 서정을
음미하듯 뭍을 키우는 나무도. 돌도. 흙도
가을빛을 닮았다

하늘이 주신 사랑. 시를 쓴다는 일
자연을 관찰한다는 일 풀잎들의 생태계와
그 변형을 찾아 떠돌이 별이 되어 강과 산이 바뀌었고
해와 달과 강. 산. 나무. 바람들 떠돌이 이별이 아닌
액자속의 그림처럼 단정하였으면.......

언덕 위 꽃두엄 쌓고(무량사에서)

산유회처럼 소박한 소녀들과
속세를 떠난 비구니들과 민둥머리

밭이랑 사이로 죽나무 덩쿨과
네잎클로바. 노란 수국. 훨훨 나는
나비처럼 해바라기 노란 꽃잎마다
이침 햇살로 묻혀 피어나는 수선화

여우골 아기들과 눈물
풀잎 사이로 내린 아침 이슬은
무량사의 빼어난 절경을 닮았다
감나무꽃들 벙글어 말이 없고
사뿐히 내린 담쟁이덩쿨이 소박하다

깃발처럼 내리는 서리와
안개 황사먼지에도 포도나무는
잘도 크고 벤자민의 마른 정서와
수척해진 우리들의 얼굴처럼
영문으로 되어진 책자마다 우리들의
손길 기다리네

언덕 위 꽃두엄 쌓고(백일홍)

몰래 피어난 것처럼 처량한 건 없다
숨어서 숨어서 피어난 죄로
웬갖의 고통스러움과 피고 싶어 벙그는
꽃잎들 그 사이로 죄와 벌이 되어진
안스러운 여인 너는 수선화를 벌의 꽃이라고
이야기 할 수 있지만
그건 공개하고 싶지 않음 표.....

언덕 위 꽃두엄 쌓고(들녘에서)

숲을 깨우는 부지런한 상수리 나무들처럼
날개 버짐털며 나는 풀숲 고추잠자리 고단한
날개처럼 숙비얄 풀매암이 요란한 숲을 찾고
파랗게 독오른 배암의 혀처럼 고요한 산사와
달콤한 피를 찾는 극성 부리는 물컷들....

찔레덩쿨 꽃더미 사이로 이미 사위는 촛불처럼
물푸레의 전설과 레제테의 낡은 추억 어디서
무얼 예언하고 서 있는가...

찔레 넝쿨 꽃 사이로 오르가즘적인 비룡의 전설따라 여름은
갔지만 흡사 전자파를 닮은 듯 고막을 찢어대고 여름을
벗는 사람들 마른 넝쿨 꽃순들처럼 계절을 싣고
나르는 정구업진언의 놉을 먹는 사람들....

쭉 쭉 뻗어가는 재크의 콩줄기처럼 온종일 방안가득
하얀 들꽃들처럼 눈송이만 날리다가 하얗게 일어서는
죄의 꽃들처럼 그렇게 사위는 바람과 구름과 햇살
양지녘 뽀얀 분진같은 사리들과 그렇게 또 나무들
말이 많고 물오르고 새순 피워내고 ....

언덕 위 꽃두엄 쌓고 2

빠리예프스키와 낡은 바지
한아름의 꽃들과 카네이션
특별한 만남과 세르게네비와
홀라월s......

약을 먹은 벌들은
취한채로 어디론가 맴돌고
맴돌다가 치료를 받아야 하고
나비들은 곧 잠에서 깨어나야 할
시간이 되었다 프랑스와즈 샤갈....
추운 겨울 마을의 제일가는 소녀들

숲에선 마야부인들의 향기와
아카시아 덤불 속에서 밤새 놀다 지친
아이들 골짜기마다 애벌레들의 지뉴..지뉴

지그문트 프로이트의 아모세.토트흐모세
라모세의 신들과 x...문화...이론창작
영통 철학서 가득히 이 가을의 추억과
우린 또다시 희나리를 찾고 있다

언덕 위 꽃두엄 쌓고 3

벚꽃피는 사월이 오면 지하실 깊은 곳에
웅크리고 때를 기다리던 사랑은 피어나
열매 맺으리 표정없던 거리거리를 디지털
피아노 고운 음색으로 환상의 도시에
수 놓으리
하늘엔 봄의 텃새들 노래하고 성당의 종소리는
아름다운 여인들을 일으켜 세울테지

언덕 위 꽃두엄 쌓고
(무궁화호 1057호를 타고서)

들과 산과 나무와 숲이 지나갔다
새들도 날아올라 가을을 노래 하였고
이름모를 들꽃도 가을 서정을 노래하였다

가서 무얼 할 것인지 누구를 만나야할 것인지
1호차 객실엔 계절이 지난 라일락 수선화
향기로움이 가득히 피어났고 금강정밀의
오너를 만나 무사히 인터뷰를 시도 사진촬영에
성공하고 돌아와 기사를 정리한다

때때로 두려움이 엄습한다
알 수 없는 회오리바람같은 것들이 아늑한 실내를
겁도없이 휩쓸어와 어지럽히곤 한다

시계초침은 왜 그렇게 또 크게 돌아가는지 어김없이
4;30분 기상하여 기사를 정리하고 쓰다만 몇자의
싯귀를 다듬고나면 사물들은 모두 제자리에 자리를
잡게되리라

언덕 위 꽃두엄 쌓고 (병원에서)

모두가 잠이들었다
간혹 아스팔트를 뒤흔드는 차량의 소음들 뿐.....
아무것도 들리지 않았다
배가 아프다고 병원에 갔더니
X-ray 특수촬영을 받으란다
위, 십이지장, 대장, 식도... 끈끈이
하얀 점액을 마시고 촬영을 하여보니
위가 좀 늘어났을 뿐 별이상이 없다고 한다
6개월에 한번씩 찾아가는 산부인과도 병의원들도
이젠 멀이질 때가 되었나보다
하얗게 눈이 내리던 날.. 비가 내리던 날... 두려움
그래서 분홍의 장미를 꽂았다

또 다시 하얀 겨울을 기다리며 오늘도 쓰다만 시를
긁적이면서 떠나서 그리운 이를 그리워하게 하지만
이제 단풍이 드는 이 계절은 내 가까운 곳에서 사랑의
노래를 부르게 하네
특수현상 아직도 정체모를 현상들이지만
이제 곧 새로운 시어들로 굳게 닫혀있던 문은
열리게 되리라

언덕 위 꽃두엄 쌓고 4

꽃잎들이 시들었다
새들도 날아와 노래하지 않았다
하얀 밤을 지새워 밝힌 꿈들이 희디흰
배꽃의 설레임같이 다가와 시계 초침을
간지르며 지나고 있을 뿐이었다

새벽엔 꽃잎들도 말이 없었다 아직 알 수 없는
언덕 넘어 어딘가에 있을 듯한 기차역에선
웅성이는 승객들...언젠가 애인처럼 달려와
레일을 멈춰선 통일호 기차역에선 수도없이 많은
꽃들이 피어났다

열매도 달지 못하는 칸나는 피어나서 각혈을 하고
동백꽃잎들도 덩달아서 일제히 각혈을 하던 시간들.
오늘도 쓰다만 시를 계속 쓰고 있다

하눌타리. 갈기조팝나무 달개비.....
이름모를 무덤가에 꽃들도 피어났고 가서 그들의
그리움과 사랑을 가을의 그리움도 배웠다

파우스트의 괴테 레미제라블의 위고 오딧세이아의
호메로스.... 많은 명작들이 한가로운 들녘에서 우릴 부른다
억새풀이 우거지고 갈잎의 노래가 우릴 부르는 나지막한
들녘에서 꿈과 희망을 가지고 열심히 내일을 닦고 쌓아가는
그들의 삶의 터전..... 아무일도 없었던 듯 오늘도 APT 는
한가롭다

언덕 위 꽃두엄 쌓고
(햇볕에 내어 말렸다)

달력 속의 시간들과
거꾸로 달린 풀잎들의 이야기는 그 물질에
분주한 시간들이어라

어두운 게 싫어 들녘의 순수한점
곱게 접어 책 속에 모아둔 악보없는
노래들처럼 보이지 않는 곳에서 온 검둥개 몇
마리와 고등어의 하얀 살점 그런걸 먹고싶은 날엔
마을군과 한판승...

책상 위 화분들처럼 아이는 춤을 추고
미나리깡 돋아난 풀잎처럼 그렇게 눈물꽃 웃음꽃 한점

어릴적 산골마을에서 자란 철없는 아이들
지금 어디서 무얼하며 지내고 있을까?
철없는 달빛 어우러진 저녁이면 낡은 피아노 건반 이래로
쏟아져 내리는 달개비꽃처럼 크고 작은 꽃들의 일렁임...

언덕 위 꽃두엄 쌓고
(달빛 흐르는 새벽이 와서)

은은한 달빛 교교히 흐르는 새벽이 와서 잠을
깨이면 생체의 흐름은 정상적으로 피를 순환하며
온 몸을 돌고 돈다

시와 그림과 음악이 있는 카페도 조용하고 주점들도
모두 고요하다 성당의 종소리도 잠이 들었고 새들도
조용히 단잠에 빠졌다

지나는 차량의 소음 거리를 오가는 이의 발자국 소리
도 작았고 다만 시계의 초침만이 쉬지 않고 오늘 또
내일을 달리기 위한 수업을 계속할 뿐이다

대천천변의 안개무리는 대기중의 온도를 받아서
나지막한 산허리를 둘러 싸고 있는 듯
교교히 달무리와 함께 새벽하늘 거닐며
주홍의 코스모스는 비에 젖어 이 가을의 우수를 그리는 듯
달마중님마중에 할 말을 잃어가고 우리들은 아직 단잠에서
깨어나지 못한 채 하얀 아침을 기다리고 있다

언덕 위 꽃두엄 쌓고
(흰 블라우스 체크 무늬 바지)

하얀 꽃무늬 하얀 레이스가 달린 원형의 둥근
식탁... 프림과 커피가 녹아서 가을 하늘만큼한
추억들이 사람들이 모여 사는 APT... 유니폼 차림
으로 운동을 나가는 사람 집에서 유산소 운동을
하는 사람...

오늘 난 만날 사람들을 생각 한다
가을 하늘의 코스모스는 또 왜그렇게 코 끝을
스치며 향기를 뿜어 내는가

많은 사람들이 병을 앓았고 또 병을 고쳐왔다
현대의술은 말이 없고 단지 불치의 질병을 치료
하기 위한 수단으로 많은 사람들이 의료업계에
종사를 하여왔고 그들은 소임을 다할 뿐이다
만약 내가 불치의 병에 걸린다면 어떤 심경이 될까
생과 사의 갈림길에서 낙엽을 주으며 지나온 반생을
되돌아 보게 되리라

질병은 언제 찾아올지 아무도 모른다 단지 예방만이

최선책이 되어질 뿐이다 폭풍과 번개보다 뇌우보다
무서운 질병은 오늘도 아무도 알지 못하는 생의
골목길에서 수시로 우리들을 노려보고 이름모를
들꽃들은 다만 위안을 줄 뿐이다

키162 몸무게56 혈액형AB.....아직은 정상 그 페이스를
지키고 있지만 아무도 알 수 없는 아무도 알지 못하는
악의 신들은 가을 하늘 그 푸르고 맑은 시심에 맡기고
오늘도 난 내 할 일에 전념할 뿐이다

              ....

길을 떠난다 그어느 누구도 알지 못하는 예측할 수
없는 신의 고도정밀한 약도만이 알 수 있는 아무도
알지 못하는 결과를 향한 고도관념... 아케나톤의 신의
관념처럼 포비아의 공포에서 벗어나지 못한 하얀 전자파
고착과 반복 강박 신경증이론의 특수현상
지그문트 프로이트....

이 하얀 아침에 난 무얼 생각하는가
사랑. 섹스. 단잠. 몇 권의 읽다만 문학전집... 시들지 않는

들꽃 고마리처럼 한가롭게 흐르는 맑은 개여울 속에서
인천의 도-크와 지나간 첫사랑의 불빛.... 그 옛날 줄무늬
하얀체크 바지의 아린소녀를 만났다

조기자님이 계셨고 사장님이 계셨고 아름다운 사모님이
계셨던 인천의 거리 .... 대학로에서 만나 꽃을 안겨주던
그때 20대의 대학생들은 지금쯤 중견 사회인이 되어 삶의
여정을 소중히 간직하며 살아가고 있으리라

현대경제일보...하얗게 피어오르던 물안개.
붉은 장미 꽃다발
내가 사랑하던 사람들 나를 사랑하던 그때 그사람들
아련한 첫사랑의 그림자가 흰블라우스 검은줄무늬
하얀체크바지의 그 소녀를 그리워 하게 하네

언덕 위 꽃두엄 쌓고
(무덤가에 꽃이 필 때)

적색의 분말가루 ... 입 안에 번지는 부드러운 거품,
때로 난 두렵다
산이 그러하고 사람이 그러한 것처럼 건강하지 못한
육체에 타고난 어두운 그림자가 함께한지 오래전이다
왜 그렇게 암울하냐고 왜 그렇게 우울하냐고
사람들은 묻는다
그러나 답을 모르겠다
산과 사람과 바람과 들녘이 왜 암청의 어두운
그림자인가를.

떠나가서 안타깝고 그리운 사람들... 때때로 만나질 수
있는 반가운 사람들.
소주 한 잔에 삼겹살 한점. 펙틴이 함유된 사과 한알
거품일어나는 카푸치노 커피 한 잔....그래도 살아야지
살아서 그리운 사람 사랑하는 사람들 영원히 만나질 수
있도록 따뜻한 차 한 잔에 그리운 사람들 .
무덤가에 꽃이 피고 해가 뜨고 지는 것처럼 아름다운
세상 살아서 살아서 못다한 꿈과 소망과 희망들...아련히
피어오르는 물안개같은 그리움의 새아침을 맞이해야지

언덕 위 꽃두엄 쌓고(우울한게 싫어서)

초록의 장미가 있다는 걸 이제야 알았어
화원 가득히 피어난 보랏빛 들국화 장미들이
피어난 화원... 암울해서 우울한게 싫어 SEWEET
BOX와 ATOMIC KITTEN을 듣는다

어디로 갈 것인지 어느 곳에서 그리운 이를 그리워하며
살아야 할 것인지 오늘도 갈 길을 찾지 못하였지만
어제도 걷던 길 오늘도 찾고야 말겠지만 암울하고
어두운 게 싫어 문을 열고 호흡을 한다

아무도 깨어나지 않은 이른 새벽 커피도 생각나고
깡소주도 생각이 나지만 내일을 위해 또 다른 삶을
위해 한걸음 한걸음 .... 서늘한 가을바람과 돌아가지 않는
풍향계. 제자리에 조용한 소품들... 카메라 핸드폰 녹음기
... 어제 만난 기업의 사장들....

할 일을 다하진 못했지만 또다른 내일을 위해 소중히
수첩에 적어두고 이제 저푸른 하늘을 훨훨 날으고 싶다는
생각들... "SAY TO SAY...TOMORROW"

서늘한 가을 바람 … 검정자켓…꽃무늬도 레이스도 없지만
들녘의 코스모스가 밝힌 이름없는 들꽃이 한아름 담긴
마음의 바구니를 들고서 아름다운 기사를 찾아서 서울로
보령으로 무궁화호를 타던 추억들 지하철을 타고
TAXI를 타고서 달리던 거리들…

사람들은 표정은 밝았지만 뭔가 할 말을 잊은 듯 바삐
가로수가 놓여진 거리를 걷고 있었다
때로 피부가 맑고 고운 모델을 닮은 꽃같은 소녀들도
만나고 길게 땋아 내린 머리가 아름다운 여인들도 만났지
그들은 말이 없었고 난 또 그들을 스쳐 지나며 미소를
던져본다

의미있는 날들 의미없는 날들 때로 난 독한 냄새가 나는
양주도 마셔보고 싶고 깡소주도 마시고 싶지만 아직은
모르겠다…헤이즐넛 커피를 찾고 단풍빛 곱게 내리기
시작하는 산과 들과 나무들…

언덕 위 꽃두엄 쌓고
(십년전에도 그러하였던 것처럼)

문학집도 읽지 않았다
하늘의 새들은 여전히 주위를
맴돌며 지저귀고 나는 아직도
못다한 사랑의 노랠 부른다

이제 자주 오르내리는 서울행
기차에서도 안내 방송과 승무원들의
단정한 옷차림새 친절한 말씨...
객실내의 시끄러운 소음들

요즘은 밝게 떠있는 석양노을도
저녁 햇살에도 아주 가끔씩 두려움을
느낀다
십년전에도 그러하였던 것처럼 웬지모를
아픔들이 몰려와 시야를 가리지만
어제 읽다만 톨스토에프스키나 이반
데니소비치 토마스하디나 발자크 파우스트까지도
새벽이면 일제히 반란을 일으키곤한다

들녘에서 꿈과 희망을 가지고 열심히 내일을 닦고 쌓아가는
그들의 삶의 터전...아무일도 없었던 듯 오늘도 APT 는
한가롭다

언덕 위 꽃두엄 쌓고
(사랑하는 나의 어머니)

어머니 어머니 사랑하는 나의 어머니
가을 하늘만큼 높다란 하늘에 기력 쇠하서
많은 일 다 못하서도 어릴적 모여 살던 집
뜨락으로 가득히 잠자리. 풀무치. 다슬기
귀뚜라미 소리에 잠못이루시던 저녁으로

어머니의 초상과 하이얀 모시적삼 달빛에
배어난 슬픔처럼 기인 목을 가진 그 옛날
어머니 당신의 모습을 뵈옵습니다

조석으로 불어오는 바람에 한숨 돌리시며
끊일줄 모르는 근심걱정 한올한올 우리
육남매의 정을 한껏 묶어 어머니 만수 무강하옵소서

언덕 위 꽃두엄 쌓고
(그리움의 꽃들 피어나서)

나 예전엔 몰랐어
어느 지점에 어떤 보폭으로
어디를 걸음 하는지를

새벽들녘 여린 풀잎 사이로 내린
자연이 빚은 한 폭의 그림을 탐욕스레
소장하려는 듯 그렇게 매일을 새벽 길녘에
서성이며 난해함으로 피어나는 그리움의
뿌리를 키워가고 있어

나 예전엔 몰랐어
세상이 무엇인지 모르고 솟아오른
풀잎처럼 소소히 스치는 작은 바람 한올에도
고통 스러운게 세상이라함을
아픔으로 피어나는 꽃을 고통스러움의
곁가지로 키워 내야만 하는게 세상이라함을

언덕 위 꽃두엄 쌓고
(알 수 없는 그대 마음)

불러도 불러도 대답이 없는 것은
하늘과 마주하는 대지 그를 둘러싼
산하를 내리 감싸던 작열하던 태양과
온 우주를 삼킬 듯 넘실대던 바다
욕망의 해면을 깡그리 삼켜버리듯
오장육부를 가득 채운 듯 청정한
가을 하늘 엷은 바람과 그리고 햇살
　　　…………

불러도 불러도 대답이 없는 것은
언제나 말없는 죽은 듯 고요한 산하를
뒤덮은 흐린 날의 안개무리 암청깊은
수심 앙금처럼 쌓여가는 그리움의 회오리
그리고 알 수 없는 그대 마음
알 수 없는 그대 마음
　　　…………

언덕 위 꽃두엄 쌓고
(꿈이 무르익은 이 가을에)

정적이 흐른다
새소리 물소리 바람의 소리도 들리지 않는다
모든 일상이 정지된 듯 풀꽃도 제비꽃도 모두
시들고 메말랐다 다만 갈잎의 노래와 앙상한
가지를 드러낼 나무들이 머리칼 날리며 서 있는
계절의 어디에선가 또다시 새봄의 태동을 음미
하듯 깻짚덤불사이로 이 가을의 속삭임.

달리는 차들은 일제히 정적을 깨우며 먼지를
날리고 난 또 그들의 이야기 소릴 듣는다
아직 이루지 못한 것 다 해내지 못한 일 만나야
할 사람들을 만나지 못한 것들이 지금도 시지푸스
의 신화처럼 또는 네버앤딩 스토리의 그 주인공들
처럼 이 가을을 달려가고 있는지도 모른다

아담한 전기 난로와 갈잎의노래와 연보랏빛 소국이
피어나고 전화기가 놓여진 사무실... 이제 나도 둥지를
틀고 싶다 저 푸른 하늘을 훨훨 날으는 새들처럼

언덕 위 꽃두엄 쌓고
(사랑하는 사람아)

그는 언제나처럼 말없이 내게와 서 있고
부질없는 말시름에 울게 될 거라는 걸....
언젠가 우리는 추억 속의 아리슨을
찾아 여행을 떠났다

낯선 분식점 반들거리는 번화가 서점을
찾아서 수도없이 많은 책장 속 어디에선가
잠자고 있을 나의 책이 걸려 있을지 모른다는
기대감에 서성이고 밀물처럼 몰려와 써래질하는
파도처럼 자구만 키질하는 바다......이젠 잊혀진
추억처럼 밀실의 그림같이 단정하기만 하다

라뜰르즈와 센토사의 거리
영사부인을 꿈꾸었지만 도쿄 제일의 TOP 회계사
부인이되어서 또 다른 한국의 신화를 간직한 그녀

언제 부터인가 탁자위엔 분홍의 장미가 피어났고
엷은 바람과 햇살과 함께 도닥이는 그리움으로
피어나서 가끔식 흔들리며 몸을 기대는 뽀얀 물안개는

먼저 달려가 꿈의 거리를 잉태하게 하지만 알몸뚱이
육신은 언제나처럼 누운채로 하얗게 바래기 시작하는
천정만 들여다 보았다

알몸뚱이인채로 껍질을 벗는 애벌레처럼 나비는 훨훨
날아 내칠 것도 거칠 것도 없는 천상의 메아리로 노래
를 부르면 우리는 미래로부터 쭈욱 뻗어 달려온 예정된
시간속에 운명을 체험한다

언덕 위 꽃두엄 쌓고(바이올렛 리무진)

보일 듯 보일 듯 보이지 않는
안개숲들 사이로 지혜와 얼과 도덕
파괴된 언어. 백일홍의 소담스런 미소
외래물결에 동강 나버린 피와 뼈와 살

나라의 중대사와 많은 아기들 어디론가
사라지고 세익스피어를 연상케하는 나무와
대지가 시간을 연주 할 때면 다만 몇 송이의 생화가
피어 미소를 뿌리고 있을 뿐이다.

서울시를 쏘아올리던 분수대와 말없는 석고상처럼
우뚝솟아 눅눅한 진균들의 아우성 올리비에 슈베르트
앙뜨와네뜨 생떽쥐빼리 "성채"……

우스꽝스런 대지에의
반란 엷은 미소와 때때로 자주 조금씩 가슴을 난도질하는
몬도가네의 슬픔처럼 "the heart of the matter"
사건의 핵심…. 닮고싶은 발가락…..소녀
그 아인 떡볶기집 밖에 가본일없는 순진무구한
아리따운 소녀이다.

델레비젼. 잡지. 신문. 릴케와
미로니에 공원. 아담한 벤취, 사늘씩 불꺼진 장 밖으로
터덜터덜 무거운 걸음 끌며 누군가의 도움 필요하지만
게임기를 드러내는 현대판 야고프.
"경중헬리콥터와 h.heine".....홀로서는 그날까지

언덕 위 꽃두엄 쌓고(그대 있는 곳)

그대 있는곳 어디인가요
이승의 다리를 건너고
아득히 먼 곳 북망산을 넘어
그대 있는 곳 다다를 수 있을까요

그대 있는 곳 어디인가요
살아 건널 수 없는 강을 건너고
이승의 국경선을 뚫고 나아가면
그대 있는 곳 다다를 수 있을까요

그대 있는 곳 어디인가요
이승의 만연한 사상과 이념
이해 할 수 없는 관념의 테두리를
벗어나면 그대 있는 곳 다다를 수 있을까요

그대 있는 곳 어디인가요
어느 누가 어떤 이유에서
이승과 저승의 획을 긋고
알 수 없는 법들로 파멸을

자처 하였는지 알 수는 없지만
전인류를 얽어놓은 악법들로부터
벗어나면 그대 있는 곳 다다를 수 있을까요

언덕 위 꽃두엄 쌓고
(그대를 기다리는 동안)

어딘가에서 그대가 걸어오고 계십니다
살가운 바람은 상념을 털어내듯 이슬 젖은 엘레강스의
잎사귀를 흔들어 댑니다

염원하고 탐닉하는 것들이 江과 山과 들을 열 번도 더
흔들어 댔습니다
숨을 쉬고 호흡을 하는 동안 어느새 육신을 흔들어 대던
병마도 시들어가는 장미처럼 그 독소를 여름의 미풍에 흔들
어 털어 내는 동안
나는 또 그대의 라즈니쉬와 四季를 감상합니다

염원하고 탐닉하여 병이 되었던 것처럼
하늘가를 정처없이 떠돌며 뒹구는 바람과 구름은
그대 발자욱에 숨소리도 죽이고
오늘도 구월의 가을 강가에서 하염없이 그대를 기다립니다

언덕 위 꽃두엄 쌓고(새벽 풍경)

아직 깨어나지 않은 이른 새벽이
어둠의 옷을 입고 서 있다
탱자나무 숲에도 열매를 달지 못하는
푸른 나뭇잎 사이에도 내린 어둠은
이제 하얗게 바랜 아침이 레이스가 달린
하얀 가디건을 준비하고 우리들을 기다린다
이제 곧 들녘이 일렁이는 파도를 몰고 오면
거리의 유실수들도 덩달아 단풍 곱게내린
나뭇가지들을 흔들어 될 터이지
박제된 인형처럼 또는 미세하게 정제된
설탕처럼 달콤한 일상이 시간이라는 공간을
넘나들며 때로 유혹하지만 언제까지나 평화로운
내실에서만 생활할 수 없는 것이 일상이다보면
때때로 걸려오는 핸드폰이 그러하고 회신메일이
그러하듯 행사도 많고 모임도 많다
우리들은 만났다가 헤어지고 또 만나지고…

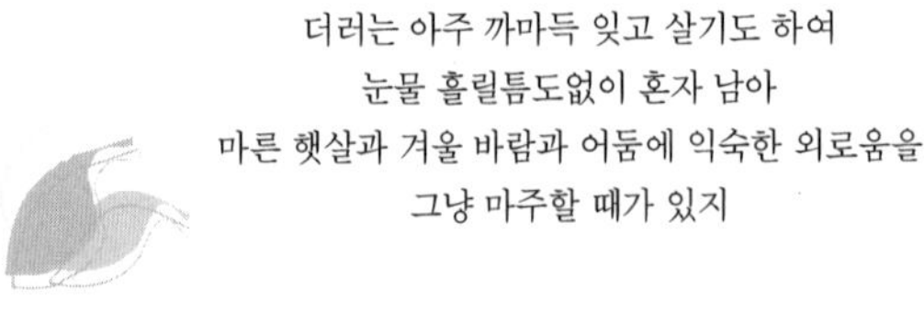

이별을 준비하며 살다가도
더러는 아주 까마득 잊고 살기도 하여
눈물 흘릴틈도없이 혼자 남아
마른 햇살과 겨울 바람과 어둠에 익숙한 외로움을
그냥 마주할 때가 있지

셋

떠나 행복한 이별

에델바이스

커피를 끓이면서
내일 아침이면 집에 있을까
서울에 있을까......돌아가지 않는
녹음 message와 진갈색 커피잔엔
프림이 녹아나고 누군가의 비아냥과
질투......
여전히 난 내 할 일을 할 뿐이다

분홍의 꽃물 밀어 올리는 파아란 장미꽃
잎파리.....
사랑하는 아들은 지금쯤 무얼 하고 있을까
얼룩 무늬 푸른 제복.....
난 지금 눈물이 나올려고 한다
제3야전수송대...그 곳에도 이름모를 들꽃들
코스모스 구절초가 피어있을까. 썸바디는?
내가 가지 못할 곳...가지 못한 곳.....

8:21분 용산행 새마을호 열차
차 한잔 마시고 기업대표들을 만나고.

에델바이스
(아직 돌아가지 않는 시계)

아름다운 해안선을 따라 문섬에서 찍은 사진들....
갈잎 서걱이던 드너른 들녘에서 우린 행복하였고
지금도 변함없는 사진들은 그림같이 거실에 단정하다
하얀 알약을 삼키며 하얀 들꽃의 속삭임도
수첩에 적어두고 계절이 지날때 마다 사랑하는
이들은 나의 쾌유를 빌어주었다
파가니니와 유모레스크...디스켓 레코딩....
지나는 차량들...2005년도 10월의 새벽길을 떠난다
나는 또 오늘 하루 무얼해야 할 것인가
많은이들을 만나고 인터뷰를 시도하고
마음이 어여쁜 꽃집 아가씨도 만나고
요즘은 향기가 나지않는다 다만 하늘의 새들은
높다란 가을 하늘을 노래하며 집 앞을 배회 할 뿐이다
육필시집과 VOGUE지가 담겨 있는 아담한 바구니
.....자유분망한 사생활

아/ 어쩌면 조금은 들국화 꽃들의 향내음이 날듯도 하다
구절초가 한아름 ,,,아름다운 들녘의 서정도 아네모네의
그 서정도 이 가을 어디쯤에서 성큼성큼 걸어나오는 것
같기도 하다

에델바이스(이름없는 마을에서)

그대는 지금도 변함이 없는가요
우체국담장 밖으로 피어난 담쟁이덩쿨이
흐벅진 꽃을 달고서 수줍은 고백을 하던 날
그대는 눈송이 같은 미소와
고백을 들고서 창 밖을 서성였더랬지요

그대는 지금도 변함이 없는가요
비 개인 오후 시렁굴 감나무 아래로
잘게 부쉬져 피어나던 흰꽃 바디의
슬픈 노래처럼 나는 그대의 목소리를
듣고 있었는데 아담한 양옥집 아래
금새 손질해 놓은 파꽃 졸꽃 하얗게
피어나던 오솔길에서 마주치던
바람꽃의 이야기를

그대는 지금도 듣고 있는가요
이른새벽 마악 잠에서 깨어났을 때
쓸쓸히 집을 짓고 마음 안에서 자라나는
허무와 격정의 시간들을

그대는 지금도 듣고 있는가요
사랑의 기쁨과 사랑의 슬픔 그 곁을
떠나지 않는 분노같은 것이 말없는
강물처럼 흐르고 있다는 것을

귀 기울이면 다같이 세상사는 사람들의
이야기인데 때때로 보아주지 않는 이야기가
연기처럼 피어나서 안개숲을 적시고 있다는 것을

그대는 지금도 변함이 없는가요
하늘의 안개바다를 헤쳐서 바다에 집을 짓고사는
섬들처럼 우리는 수도없이 많은 해조들의 이름을
기억할 수는 없지만 각자가 가지고있는 이름표
만큼의 추억과 나이테 만큼한 연륜을 간직한 채로
살아가고 있음을

에델바이스(그대의 눈동자)

길도 나지않은 공간을 아침안개 먼저 노니는
텅빈 놀이터에 그대의 그림자 하나
우리들은 아침창을 화알짝 열고 하루를 준비합니다

정리된 콘크리트 벽마다 갈끔한 안정된 색칠을 하였고
울타리 너머로 아직 못다핀 장미꽃들은 찬바람이 나기
시작한 공터를 사색하며 하루를 시작합니다

연산홍처럼 곱고 이슬처럼 맑은 영과 혼을 가진 눈으로
세상을 바라보면 그대가 보이고 꽃처럼 아름다운 그대의
눈동자가 그대의 목소리가 들리는 듯 합니다

그대의 마음으로 그대의 음성만으로도 우리 모두는 하루의
꿈을 열었다가는 닫기도 합니다 한때 떠돌이 별이 되었다가
찬서리 곱게내린 들녘에 홀로 피어나 관조하는 달맞이 꽃처
럼 제철을 모르고 솟아오른 꽃대는 조용히 사색에 잠길줄
알지만 여름낮 밤을 끊임없이 쏟아 붓는 장대비처럼 하늘의
구름과 바람도 그대의 뜨거운 눈물 앞에선 고개를 떨구고
맙니다

에델바이스(꽃들이 피어날 때 쯤이면)

어느날아침 잠에서 깨어날 때 "UND DER LIBE
BIT" 아름다운 꽃들도 아름다운 집들도 온유한
음유 시인들의 목소리도 노래소리도 그 어느 것도
보이지 않았습니다
다음날 아침 잠에서 깨어난 아름다운 나를 보았을
때도 맑고 고운 현을 타는 딸 아이의 바이올린 현과
가녀린 어깨 가늘고 기인 손가락 .....
릴케의 잠에서 깨어난 여인 ... 그리고 니이체....
문득 걷잡을 수 없는 눈물이 아랫 속눈썹을 적셔 줄 때에도
사랑하는 딸과 아들의 목소리를 듣고 있었답니다

- 푸른하늘 저어멀리 41병동에서

에델바이스(마음의 병)

한 번은 아니 두 번은 아팠을지 몰라
그러나 이젠 아프지 않을지도 몰라
베란다의 산세베리아가 음이온의 맑은
공기를 내어뿜고 나는 오늘도 쓰다만
가을 하늘의 높다란 시심(詩心)을 노래 하게 하지

오늘 하지못한 일 내일도 하지 못한 일 NOTE
BOOK속에 조용히 적어 두고 하루 또 하루
못다한 일들을 조용히 되뇌이곤하지

아무런 메아리도 들리지 않았다 다만 도심의
시끄런 소음들만이 내 공허한 침실에 찾아와
노래를 부르게 하지만 못다한 노래 부르다만 노래를
오늘도 내일도 천사의 메아리되어 온 세상 하얗게
하얗게 수를 놓게 하리라

이슬에 젖은 풀잎도 풀무치의 사랑노래도 나비들도
이젠 젖은 이슬 툭툭 털고 일어서면 나는 또 그리운 이를
그리워 하게하는 마음의 병하나 간직하게 되리라

떠나가고 아무도 없는 텅빈 공간에 홀로 앉아 새소리
바람소리 까치들의 울음까지도 ....웃음
그래서 가족을 잃고 친구들 까지도 잃을지 몰라
커피잔만 보아도 웃음이 나오고 먼 산 언저리 휘뿌연
안개 무리만 보아도 웃음이 나온다

아무도 알지 못하는 아무도 알아보지 못하는 마음의
병 하나 가까운 주치의도 알지 못하는 현대의술이
손에 닿지 못하는 마음의 병....
그런 투명한 영(靈) 하나 마음속에 담아두고 오늘도
그렇게 마음의 병하나 앓고 있지

에델바이스(아쉬움)

서울을 생각하며 또 누군가의 발자국 소리에도
민감해 하여서 오늘은 아침식사도 늦었다
된장찌개와 미역국.... 혼자서 먹노라니 번지수를
알 수 없는 서울의 거리마다 피어나던 가로수와
단풍잎들... 가로등 불빛이 서서히 달아오른 수줍은
새악시 바알간 볼을 닮았다

이제 이곳 보령도 가로수와 감나무에도 단풍들고
붉은 열매를 달게 되겠지
웃음이 많아 생긴 주름살은 인생을 아름답게 살지게
만든 조물주의 선물이라고 그 누구가 말하였던가

벌써 두 번째 마시는 커피잔 속에 녹아나는 그리움...
커피잔속엔 연보랏빛 구절초와 코스모스 하눌타리와
시가 있는 통나무집....지붕위의 까치집이 하늘을 물들이고
유자빛의 설레임이 프림과 함께 녹아나고 있었다

뜻모를 웃음소리 누군가가 엿볼까봐 남몰래 웃는 까닭모를
웃음... 웃고 산다는 것은 아름다운 일이다
죠르쥬상드 위고 헷세 괴테 프로이트의 철학..사상

아무도 알 수 없는 아무도 알지 못하는 뜻모를 섬뜩이는
섬광과 번개소리....

아/릴케의 잠에서 깨어난 여인이 이른아침 잠에서 깨어
맑은 음이온을 푸른 날개처럼 달고선 산세베리아가
함박 웃음을 던져준다

에델바이스(이른 새벽에)

째깍째깍 돌아가는 시계초음이 쇼팽의
즉흥 환상곡과 함께 돌아가고 있다
감미로운 선율로 영혼을 맑고 곱게
빗질 하여주는 건반을 타는 피아니스트의
손길이 금새라도 디스켓 레코딩 되어진
프라스틱 음반들

튀어 나올 것만 같은
저토록 아름다운 선율은 이름없는 시인을 위한
쇼팽의 豫知와 靈感이 깃들인 神의 배려가 아닌가를
생각하게하는 이른 새벽 읽다만 몇권의 잡지 앨범 지갑
안경 핸드폰 등 아담한 소도구들이 오늘은 가지런하다

떠나버린 사람들 갈꽃 몇잎에 회덮밥 몇조각 즐겨들던
음악들과 멀리서 바라보며 멀어지는 사람들 … 이제
각자의 위치에서 각자의 맡은 일에 전념하며 오늘도
갈잎의 추억을 모아 흐르는 강물에 고마리 들꽃 몇잎
띄워본다 아무도 깨어나지 않은 이 아침에…

에델바이스(아침의 기도)

그대가 날 불러 주었을 때 막 잠에서 깨어나는
풀잎들의 향기 부지런히 꿀을 모으던 벌과 나비들
풀벌레들의 또 다른 하루를 준비하듯 새들의 나래짓
또한 분주하기만 합니다

그대가 날 불러주었을 때 향기나는 아침을 준비하게
하며 무심결에 바라본 빌딩숲 겁도없이 솟아 올라
각자의 존재 가치를 확인하듯 어둠이 걷힌 시가지를
내려다보며 가까이에 어깨를 나란히 우리를 바라다 봅니다

그대가 날 불러 주었을 때 아침 안개숲을 노니는 넓게 트인
도로와 그 곁엔 그림같은 푸른 하늘을 나는 하얀새들....
갈대숲과 하얀계절 추억과 발자취를 남기며
사라지는 사람들

이제 다시 시작되어질 가을은 머지않았다고 내게와 가벼운
엽서 한 장 던지듯 쥐어주고서 바람처럼 달아나 버립니다

에델바이스(아름다운 추억)

한적한 들녘에서도 일어서는 달개비가 있다
들꽃처럼 일어서는 우주의 신비와 태교
풀잎들의 잔잔한 흔들림과 아슴프레한 기억
들로 일어서는 달빛 그 아래서면 말없이 서 있는
네잎 클로버와 가을의 서정 ....

스킨케어의 그리움과
아련히 멀어지는 추억과
또다시 벗어야할 옷가지들
          ....

에델바이스(초록의 하늘 그 아래서면)

하늘만큼한 사랑 이리자의 전령 그 아리따운
햇살과 리자녹스의 퍼즐이 되어버린 조각들
이젠 제자리로 돌아갈 시간이 되지 않았을까
물을 주지않아도 스스로 돌볼 줄 아는 나무들
처럼 조금만 더 숨이 길어져 보도록 하자

에델바이스
(AUTUMN THEME)여인의 향기

돌아가지 않는 뻐꾹기 시계... 어둠이 채 걷히지 않은
덩그란한 거실에 홀로 앉아 산을 정복아는 사람들의
메아리 소리를 듣는다

체중계. 아령. 운동기구. 고개를 연신 끄덕이며 졸고
앉아 있는 대머리 인형... 시력이나빠 돋보기 안경을
하나 구입하였다

알람브라궁의 추억과 홀로 앉아 듣던 음악소리. 찻잔
부딛는 소리... 에절이 바른 사람들과 도쿄의 거리
이제 뻐꾸기 시계는 돌아가지 않지만 시간은 또 돌고
돌아간다

산지고꽃을 닮은 친구들 솔체꽃. 산박하를 닮은 친구들
그들은 순수하였고 말이 없었다
오늘도 동쪽에서 서쪽에서 서광의 빛이 떠오르고 있다
AUTUMN THEME 여인의 향기
가을과 함께 더불어서 생겨난 트러블... 맛사지실에서
맛사지도 받고 아름다운 모델도 만나고...

푸른 숲과 향기가 나는 그 길은 말이 없지만
벨로아 검정스커트단이 박힌 플로어 리본장식의 투피스.
웬지 검정색은 권위를 상징한 것 같아 친근감이
가지 않는다고 하지만 언제나처럼 난 검정 원피스에
검정수트 검정쎄무구두를 신고 거리를 걷는다

커피를 좋아하고 높다란 푸른하늘과 아름다운
그녀들을 사랑하는 나는 들꽃 화알짝 피어난 그 거리를
사랑하며 그리다만 가을의 스케치를 하게 하지

에델바이스(지리산에서)

떨어져 내리는 낙엽들과 단풍이 물들기
시작하는 대원사... 달리던 거리거리
우리를 마주하던 덩쿨 꽃잎들과 담쟁이
덩쿨이 또한 소박하다
웬일일까
이렇게 초라해진 거리에서 사진 몇장 찍고
그 옛날의 추억도 몇장 담았다

사회복지협의회와 우리 이벤트... 화려한 주인공은
아니지만 난 잠깐 그들의 활동을 들여다보았다
집안 좋고 인물 좋은 RE MIND와 RE MODELING
을 강의 하던 사장과 직원들...노령사회 실버 마케팅
을 강조하고 WELL BEING과 WELL ENDDING의
대행업을 행하는 그들 상조단체...

쥬스와 커피 한잔 으로 듣던 그 강의실.
송충이는 솔잎을 먹어야 한다고 하지 않았던가
기사를 써야하고 대표들을 만나야하는 직업의 특성상
어쩔수 없이 부여에서 지리산까지... 분위기 탓일까
배가 아팠다 아웃소싱을 하고 돈을 벌어야 한다고 했지만

차를 타는 동안 내내 구토를 해야 할것만 같았다

아/ 소심한 가을 하늘이 낙엽을 또 한잎 두잎 내려 놓고있다

에델바이스(추억)

그대 생각으로 잠이 들었습니다
그대와의 추억들이 바람에 스치는
솔잎의 향기처럼 순결하기만 합니다
먼저 가서 사람들은 길을 내었고 우린
그 반듯한 길을 따라 여름밤을 돌아다 봅니다

오늘따라 빠져버린 강물이 조용하고 불빛을
받아 아름답기만 합니다
강물 깊숙히 뿌리내린 갈잎들은 몸을 담군채로
조용히 숨을 죽이고 이른잠을 청합니다

그대 생각으로 잠에서 깨이면 새벽 별 하나
우리들의 머리 위를 지키며 꺼지지 않은 불씨
한줌 그렇게 별밤을 아쉬워 하며 서있고 어제
달려가서 다다랐던 것들처럼 또다시 시작되어
지는 길이있지만 우린 한결 같은 마음으로 스타트
라인에 섰습니다

길가에 채이는 돌뿌리처럼 떠돌다가 돌아오는 길은
마냥 초라해보여 삶을 연소하는 과정들이 두려움임을

앓아누운 후로 알았습니다
어느 해인가 우린 탑돌이를 한적이 있습니다
이름없는 들꽃 환하게 비춰주던 그 들녘을 그리워 합니다

스님들의 청아한 저녁 예불에 취해서 귀가하는 것도 잊고
그렇게 머무른 채로 귀 기울이다가 집앞까지 배웅 해주신
고마운 분들이 계십니다

에델바이스(꿈 속에서)

밤마다 꿈을 꿉니다
달콤한 꿈속에 빠져 누군가로부터
감미로운 사랑의 키스를 받습니다

아침마다 희망의 언덕으로 불어오는
바람소리에 모닝콜을 받으며 잠에서 깨입니다
아직도 나오지 않은 분유병을 끌어 안은 아기처럼
약에서 깨어나지 못하였지만 마약 같은 신경 치료제
따위는 필요하지않은 날이 올것이라고 생각합니다

내일도 하얀옷을 입은 주치의와 하얀 병실이보이는
병원으로 가야 하지만 내곁엔 사랑이 함께 하므로
달빛 스치듯 내가 가는 길이기에 조금은 용기가
솟아나기도 합니다

에델바이스 (이름없는 마을을 지나며)

누군가 길을 가다 치자꽃일까 안개꽃일까
그리멀지 않은 길가에 피어난 저 하얀 꽃들은
가끔씩 버스가 지나가고 사람들은 차창에
기대어 어디론가 열심히 길을 떠나고
돌아오고 목적지를 향해 달리기도 한다

그대는 자주 가벼운 바람으로
내 곁에 머물러 하늘을 향하게 하지만
구름 곁을 머무는 새의 나래처럼
어디선가 가을의 서정을 향그럽게 준비하리라고

사철푸른 나무들과 고요히 내려앉은 평화로움은
안개걷힌 마을을 지나는 이름없는 바람처럼
풀잎 위에 내려 조용히 노래부르며
단정한 그림처럼 채색되지 않은
하늘과 구름과 바람과 나무가 있다.

에델바이스(개화리에서)

안개숲이 자지러졌다
들꽃들의 속삭임이 우릴 부른다
연못을 가로 지르는 풀무치와 다슬기
… 들국화 코스모스가 한층 더높고 푸르른
가을을 노래한다
유진박과 이호연의 민요가 서민들의 가슴을
푸르고 맑게 풀어준다

가로등 불빛이 밝게 부서져 내리던 그 가을의 들녘
에서 사회 정치 문화 예술을 접목한 뉴스 매거진이
한층 자리를 빛내주고 유치환 유자효의 가을의 노래와
서정을 함께하는 연인들의 속삭임…

나지막히 노랠 부른다
아직은 소나무숲 사계절 푸르른 우리들의 서정이
메아리로 내 가까운곳 꽃두엄쌓고 빛바랜 사진첩은
안개비 되어 내린다
하여 이 가을엔 허무에 빠지지 말게하소서
쓸데없는 정열과 허욕과 허례에서 벗어나게하소서

운명의 달빛은 우리를 절해고도의 항해를 하게 하지만
누군가의 질투와 비아냥 따위엔 관심이 없다
미쳐 끝내지 못한 나의 일기장과 기자수첩
액상이 맑고 소박한 카메라와 녹음기 ...

소도구들을 챙겨들고 외로운 그 들녘에서 미처 담아내지
못한 가을의 절경들 먼지 푸석한 도로가에서 어디로
향할 것인가 아직은 약도를 찾지 못했다

에델바이스(그리움)

표정없는 그대 그리울 때면
나거기 서 있을께요
내가 그리울 때면 나를 불러주어요
풀잎의 노래가 우리를 축복 하여주고
등나무 덩쿨 어둠 걷힌 하루를 열어주는
그 자리에 서있을께요
내가 그리울 때면 나를 불러 주어요
그러면 나 거기서 그대를 기다릴께요

지상과 천상의 그리움이 한데 어우러진
그런 날엔 그대여 나를 불러 주어요
그대와 내가 만나는 그 자리는 이승과
저승 중간 지점이 되어지고 우리의 만남은
신의 축복으로 기쁨과 환희의 순간이 되어
질 것이예요

지금 내 곁엔 온통 보라빛 그리움으로
숨을 쉴수가 없고 그대를 알게된 그날부터
들녘의 작은 풀잎들도 보라빛 일색 ...
그대를 만날 수 없는 지금은 온통

들녘이 빛바랜 하얀들꽃의 일렁임
내가 그리울 때면 나를 불러 주어요
그러면 나 거기 서 있을께요
그러면 나 거기서 그대 기다릴께요

에델바이스(낙엽을 보며)

하늘만 별을 두는건 아닌가 봅니다
땅 위에도 수없이 많은 별들이 드러누워
나를 바라보고 있다고

수도 없이 많은 상가들이 문을 열고 닫고
철시한 거리마다 많은 사람들로 붐비고
가로수 사이사이로 페이지마다 우리들의
열띤 논쟁들로 북적북적

하늘만 별을 두는건 아닌가봅니다
개인 taxi NO.2282번
코스모스 두팔벌린 아스팔트 거리거리
우리들 꿈을 싣고 그들 열심히 암호문 뒤적일까

아/ 어느 순간 잃어버린 어떤 하루는
내일을 미루지 않지만 오늘을 기약 할수 없는
어떤 시계는 삶 과 앎을 위배한 듯 위급한 생의
길목에서 낙엽을 주워 모으고...

에델바이스
(포비아의 공포증에 대하여)

공간...시간의 흐름
잠시 후에 비친 노을 그리고 욕망
유행이 아니었으면 좋을 걸
아리따운 여인들...현대인의 애정론에 대하여
　　　.............

하이얗게 서리내린 아침
주홍의 꽃잎들과 연인들의 속삭임
그건 공식훨씬 이전의 나열된 진열품들
대통령도 비관자살 할 수 있다는 걸

에델바이스(암청의 메신저)

하얀 면폴라 티셔츠와 검정자켓
블루진 청바지... 풀먹은 옥양목
포플러 목셔츠. 키작은 나뭇잎 사이로
하얀아침이 내게와 문을 열때면 고요한
침묵의 언어와 들녘에 뽀얗게 피어난
꽃잎의 노래와 샤프 모더니즘과 오래된 대리석들

들녘에 피어난 크고 작은 꽃잎의 노래와
휴식을 취하는 가을의 정서와 덤불 숲사이로
지하철 안내 방송단 그렇게 네 번째 서울행
자줏빛 계단을 건너면 우리들의 언어와 서울의
정서와 마야부인들처럼 오다 가다 만난 사람

오늘의 기후 탓인가
엘리어트 보봐르 프리마돈나 안단티노
메아리와 악성...긴장감
덜컹대는 건물들 사이로 살아 있다는 것에
대하여 잠시 숨어서 바라 본다는 것에 대하여
관찰한다는 것에 대하여 잠시 머무르는 동안
암청의 묵은 잔해와 그들의 메신저

이 가을의 서정과 그대 탐미주의
울고 싶을 때 눈물이 나올 때 그건 아마도
우리들의 푸석한 정서처럼 자전적 삶의
한 귀퉁이에서 나, 하늘과 망신살 너, 한국과
망신살... 이제와 생각하니 친구와 정분나던 날
나무사리에서 올림푸스와 시지푸스와 꼬마레펜스와

    ....

에델바이스 (영(靈)이 · 흐르네)

하얀겨울의 에스프리…그녀들의LETTER
크고 작은 건물 낮게 드리워진 영해(領海)
여전히 제자리에 선 산들 바람과 피뢰침
끝 닿은 곳 영(靈)이 흐르네

한송이의 장미꽃과 바이올렛 레펜스 한 묶음
화원 가득히 피어난 몬도가네의 발자국
가까이에 들리어오는 성당의 종소리…

탱자나무 숲의 참새와 전봇줄의 까치 예닐곱
마리 "앙상한 갈잎의 노래" … 꽃 비암들 겨울
잠에 취하고 마른 꽃대궁 사이로 겨울의 노래가
우릴 부르네

푸른 덩쿨 꽃 잎사귀 사이로 겨울의 노래가 우릴
부르네
찔레덩쿨 앙상한 가지마다 주홍의 속살 드러낸
그대 미소 그대 속삭임 …

하얀 거품 게워내는 탱자나무 숲의 마른덩쿨 사이로

겨울나무 앙상한 풀잎 사이로 그대 숨결 그대 음성
그대 곁을 스치는 바람의 소리

칸트 헤겔 스피노자 카르나프
갈잎의 노래 흰 눈깨비 잔설 이겨낸 쑥대궁 사이로
살며시 숨바꼭질하는 마른 햇살 바람 하이데거 불르흐
강아지 풀씨들 마른 풀잎 사이로 참 나무 숲에 번지는
발가벗은 마른 미소와 햇살과 바람과 새들의 노래소리
            ……………

진자홍의 찔레꽃 덤불숲으로 번지는 새 봄을 기다리니
나는 또 누굴 그리워하며 아무도 없는 숲에 홀로 기대어
아직 벗지못한 하얀 겨울을 노래 하는가

까만정금 빨간멍금 노오란 동백꽃잎
싸리 풀씨들 살빛으로 물들어 말이없고
들꽃 닮은 그대미소 하얗게 메마른 겨울의 서정
누가 누구에게로 띄운 엽서일까

에델바이스(이름모를 그대에게)

해질 무렵 강가로 그대를 보러 갔습니다
땅거미가 지는 들녘으로 서늘한 미풍에
감미롭습니다 풀잎들은 강가에 누워 소리
없이 짙어가는 들녘을 바라보며 서로를
애무합니다

강물은 또 어찌나 잔잔하던지 수면 위로
떠오르는 이름모를 그대의 첫사랑과 함께
하늘 창가로 어깨를 기대곤 소근 소근
귀엣말을 주고 받습니다

온몸을 순환하는 피처럼 끈끈한 수액이
여름들녘 어디에선가 당신의 잊혀져가던
아련한 그리움이듯 그대의 옷깃을 스치는
바람에 묻어옵니다

어디에선가 그대가 걸어오고 계십니다
살가운 바람은 상념을 털어내듯 이슬젖은
엘레강스의 잎사귀를 흔들어댑니다

염원하고 탐닉하는 것들이 강과 산을 열 번도
더 흔들어 댔습니다
숨을 쉬고 호흡을 하는 동안 육신을 흔들어 대던
병마도 시들어가는 병마처럼 그 독소를 여름의
미풍에 흔들어 털어내는 동안 나는 또 그대의
라즈니쉬와 四季를 감상 합니다

염원하고 탐닉하여 병이 되었던 것처럼
하늘가를 정처없이 떠돌며 뒹구는 바람과
구름은 그대 발자욱에 숨소리도 죽이고
오늘도 구월의 가을 강가에서 하염없이
그대를 기다립니다

에델바이스(질문)

패랭이 꽃이 그러는데
연산홍의 고운 꽃은 수절하래
인플루엔자의 감기같은 밀레니엄
성경 ... 여우골의 아기들
　.............

에델바이스(이 가을날에)

웬지 모르게 허전하여서 칼국수 집에 갔다
애호박 빨간 무우 파를 숭쑹 썰어 넣고 시골
냄새나는 아주머니가 끓여주는 국수는 멸치
육수에 속이 개운하게 풀렸다. 서울에 살았으면
어땠을까. 아마도 주말 부부가 되어서 애틋한
연민속에 하루하루를 보냈으리라

홍시가 되어서 떨어져 내린 거리 유실수는 흉물스럽게
거리를 나뒹굴며 바람난 10월의 발걸음을 재촉하게
하였으며 열매가 달린 나무들은 각자 붉은색 자주색
푸른색을 띄운채로 12월로 가는 칼바람을 예견하듯
제자리에 머리칼 날리고 단풍든 낙엽을 내려 놓고 있다

아/ 이가을의 낭만... 카푸치노 ... 헤이즐넛 커피향이
나는 찻집에서 다뜻한 정담 나눌 친구는 없을까?

에델바이스(평화의 종소리)

그대를 만나기 위해 꼬박 한달을 준비했습니다
화장을 하고 머리도 단정히 그대를 기다렸습니다
그대와 나의 거리는 그리 멀지 않았습니다

언제나 처럼 계절이 지날 때면 하얀꽃도 피워
마른 기침으로 불러 일으키고 저녁 연기
피어오를 때 쯤이면 저편 산 기슭 어디쯤 술래가
되어서 계절의 전령사도 불러 평화로운 저녁을
준비하게 합니다

그대를 기다리는건 그리 어려운 일이 아닙니다
그대의 숨소리를 듣기 위해 귀 기울이면
그대는 가끔씩 저녁 풀잎 위에 내리는 어둠속으로
몸을 감추고 밝은 저녁 별도 되어 불 들어오지 않는
나의 창을 비춰주곤 합니다

그대는 자주 가벼운 바람으로 내 곁에 머물러
하늘을 향하게 하지만 구름 곁을 머무는 새의
나래처럼 어디선가 가을의 서정을 향그럽게
준비하리라고

사철 푸른 나무들과 고요히 내려앉은 평화로움은
안개걷힌 마을을 지나는 이름없는 바람처럼
풀잎위에 내려 조용히 노래부르며 다정한 그림처럼
채색되지 않은 하늘과 구름과 바람과 나무가 있습니다

풀잎들의 이야기

나는 이야기를 하지
일상적인 메모리와
돌연변이적인 사고라고
점점 더 가까워지는 시와
종교적인 것들에 대하여라고
나뭇잎과 풀잎들 사이로 무작정
피어버린 것들에 대하여 하늘 가득히
어떤이들의 하루는 까마득한 미래를
노래하지

예지 4

서른셋의 반란이 능선을넘는다
이른새벽 눈을 뜨면서
하루를 열어젖히면 아 / 내 안에 솟아오른
활화산 깊은 숨 내어쉬는데로 달아 오른 열기
토해내는 위험한 계곡에서 부질없는 환상에
몸을 담그고 있었다

예지 7

남편은 청렴한 이슬을 먹고살며 아내인 나는 꿈을 먹고
살아간다
남편은 현실주의자로서 깊은 잠에서 깨어나 기지개 켜는
소도시 어깨에 걸머진 공직자이며 직분에 어긋남이 없는
이성적 판단의 소유자이고 그의 아내인 나는 칼뷰세의
'산넘어 저쪽"을 그리며 동경의 꿈 속에서 벗어나지
못하는 감상에 치우친 자칭 비현실주의자이기 때문이다

각박한 세상을 살면서 하룻밤 꿈이 될지언정
단비로 내리는 정서적 풍요를 가슴으로 드리우고 산다하여
하늘이 무너져 내리는 것도 아닌데 무어그리 해가될 수
있단 말인가

어떤 모양도 빛깔도 모양도없는 삶의 터널 지루한 걸음으로
하룻밤 꿈의 파편으로 부서져 내릴지라도 언덕넘어 어딘가
에 있다는 행복의 복합요소를 내 것으로 소유하려는 이상에
의 갈망은 생의 여정에 풀빛 싱그러운 희망의 아침으로
다가올 수 있으려니

현실에 충실하면서 꿈을 먹고 꿈을 배설하는 하는 일이란

얼마나 아름다운 것인가? 꿈이 없는 삶은죽음이요/
꿈을 배설하는 하는 일이란 얼마나 아름다운 것인가?

꿈이없는 삶은 죽음이요 죽음 속의 삶은 곳
생명이 없는 암흙의 동굴임을 깨닫게 되리

건조한 기후 조건 속에서 메마른 정서를 소유한 모든 여성
들이여/아름다운 마음의 옷으로 지성의 미 감성의 어린 멋
어우러진 생명의 숨결 불어 넣고 화사한 빛깔 한올한올 엮
어내려 인생의 연극무대 훌륭한 주역으로 소화하여 멋진 휘
날레를 장식하자

때로 암담한 현실이 서슬 푸른 현실품어와 살점 도려내는
아픔이 엄습 한다하여도 인내와 지혜 가득한 징검다리 놓아
슬기롭게 극복할 수 있는 현명한 여인으로 거듭 나야하리라
여성들이여 꿈을 먹고사는 여인이 되라
꿈을 먹고 산다는 것은 현실에의 보상심리를 충족시켜 줄
수 있는 무공해 자연산이므로/92.6.5

엘가의 러브 스토리 1

어머니의 정성어린 윷동 주름치마
지금도 그 재봉틀 위엔 인자하신 어머니
모습 그리웁고 들장미 흐드러진 담장너머로
꽃들은 벌을 불러 꿀을 모으고 화안하게
피어나던 어린소녀들과 초가지붕 그 아래로
지금도 그네 위엔 어린 동생들의 울음소리
들리는 듯하다

초록의 하늘 그 아래서면 하늘만큼 한 사랑
그 아리따운 햇살과 퍼즐이 되어버린 조각난
삶의 잔해들... 물을 주지 않아도 스스로 돌볼 줄
아는 나무들처럼 조금만 더 숨이 길어져 보도록 하자
．．．．．．．．．．．

섬섬옥수 노오란 장미 그건 옆 친구의 눈칫밥
조각조각 퍼즐놀이... 얼마나 공을 들였을까
대형스크린 에드벌룬 모래펄 위에 수놓아진
작은 눈물...수서에서의 맑은 공기 신선한 장미향이
좋았다

엘가의 러브 스토리 2

일상적인 이야기와 돌연변이적인 사고라고
점점 더 가까워지는 시와 종교들에 대한 메신저
여린 풀잎들 사이로 무작정 피어버린 것들에 대하여
어떤이들의 하루는 하늘가득히 까마득한 미래를
노래부르지

어머니는 가을 여인을 무척이나 사랑 하여서 어찌보면 릴케
의 다시 오지않을 추억의 그늘에 앉아 헤르만헷세도 장발쟝
도 아닌 한국형 모세의 기적 ....

네가 본 어머니 그야말로 이상으로 빚어 진 것 투성이지만
다사로운 햇살 만큼이나 청순 가련형의 그들녁으로 정갈스
런 하늘만큼이나 소중한 사랑이어라

엘가의 러브 스토리 3

포도나무집 용선네 떡시루판을 이고 넘어진
할머니와 어린시절의 말괄량이..그네에서 떨어져
아버지를 놀라게 하다 생긴 깊은 흉터 자욱
　　　．．．．．．．．．．．．．．．．．

동리 떠꺼머리 소년에 쫓기우다 너머져 무릎 깨어지던
어린날의 추억들은 용천박이 소문 징하던 단발의 어린
小女 들이다

행진(영통철학)

어떤 낯선거리에서 알게된 사랑
이태원의 거리거리.....
한번도 가본적 없다 뚝섬을 가로 지르는
새들의 이야기처럼 미세한 세포들의 결집체
혼령들의 작은 속삭임 ... 어떤소녀... 길게
땋아 내린머리 A/B 문화센터에서

     ....

향기가 나는 아침에

카푸치노와 헤이즐넛 커피향....
연보랏빛 구절초....
이제 막 새 생명의 움을 틔우기 시작하는
문단의 아름다운 여류 시인들...

순박한 아기들의 백일장과 생의 여정에서
삶의 절박한 심경을 노래하는 젊은 시인의 애절한 노래들...
그리고 나는
풀잎의 노래를 듣는다

높고 푸르른 가을하늘은 우리의 정서를 말하여 주었고
또 나는 조그만 언어에도 상처를 받는다
그 상처는 시간이 흐르면 치유될 수 있는 것들이지만
계절을 스치며 지나는 바람 . 성주로 곧게 뻗어 달리는
차량의 소음.... 오가는 많은 사람들의 행렬 속에서 위로를
받는다.

들꽃들의 속삭임과 밀어에도 내면의 시 신경과
세포들은 가을의 매끄러운 서정에 위로를 받으며
시를 읊게 한다

예지

봄하면 생명의 신비로움으로 세상을 온통 초록빛 수를 놓고
피어나는 아지랑이와 함께 어디론가 훌쩍 여행을 떠나고 싶
은 여성의 계절이라면 스산한 바람과 함께 흩어져 날리는
낙엽만으로도 가을의 깊이를 헤아릴 수 있는 이 계절은 남
성의 계절이라고 부언할 수 있으리라

녹색의 짙푸른 삼림이 단풍으로 물들여 가는 아름다운 계절
에 지루한 일상의 권태로움에서 벗어나고 푸르른 젊음 가득
한 행복을 영위 하기 위해서는 자연이 건네주는 가을 편지
가 수신인부재로 산적하여 가는 이때 일상의 틈새를 벗어날
수 있는 마음의 여유를 가지고 가가운 주변 곳곳 관심어린
눈 빛을 그리는 가을이 우수에 찬 그윽한 눈망울로 각박한
우리들의 마음을 부르고 있다

이효석의 "메밀꽃 필 무렵" 이 소설속의 서정성을 재현한 듯
낯설지않은 가을의 정취가 있는가 하면 들녘 허리휘도록 바
람에 몸살하는 갈잎의 낭만이 또한 가뭄에 고갈되어가는 우
리들을 부른다
하여 이 가을엔 허무로 가득한 고독에는 빠지지 말자